सम्पूर्ण विश्व में केवल चार दर्शन हैं

BOOKS CLINIC

India's Fastest Growing Self Publishing House

Booksclinic Publishing

----------------------------**Contact Us At**----------------------------

Call or Whatapp @ 8965949968 or Mail @ publish@booksclinic.com

Website: - **www.booksclinic.com**

B.D. Complex, Near Tifra Over Bridge, Bilaspur, Chhattisgarh, India, 495001

Publisher: Booksclinic Publishing
Edition: First
ISBN: 978-93-90871-21-6

Genre: Non-Fiction

सम्पूर्ण विश्व में
केवल
चार दर्शन हैं

डॉ. गोपाल चन्द्र मजूमदार

डॉ. गोपाल चन्द्र मजूमदार

आपका जन्म 9 मई 1951ई•को मीरजापुर,उत्तर प्रदेश में हुआ हैं। शुरु से ही आपकी रुचि धर्म,संगीत,कला,एवं साहित्य,कविता में रही हैं। आपके पिता स्वर्गीय रसिक लाल मजूमदार एवं माता स्वर्गीय इंदूमती मजूमदार है। आपने बिहार विश्वविद्यालय से डी•एच•एम•एस•डिग्री उत्तीर्ण किया है। आप अपने उददेश्य को मूर्तिरूप देने के लिए "विश्व शान्ति गणदूत समिति" की स्थापना सन•1994 ई•में मीरजापुर में किया। कालान्तर में इसी उददेश्य के पूर्ति के लिए "विश्व शान्ति गणदूत" न्यास विलेख (TRUST) भी स्थापित हुआ।

आपने कई पुस्तकें लिखीं हैं। इन्हीं पुस्तकों एवं लेखनी के आधार पर आपको कई पुरस्कार एवं सम्मानित खत भी प्राप्त हुए हैं। आपकी कविताओं की पुस्तके "तुम प्रकृति प्रिया हो","आँसुओ के बीज से" एवं दर्शन लेख के रूप में "मानव समाज का फैसला","सम्पूर्ण विश्व में केवल चार दर्शन हैं","परिपूर्ण शाश्वत प्रेम दर्शन" हैं। एक लेखक के रूप में आपने एक नये चिन्तन को स्थापित किया हैं। यही कारण है कि आपकी लेखनी को देखकर रेड एंड बरेबरी द्वारा अलौकिक कार्य कहा गया हैं।आपको विश्व शान्ति के लिए सन• 2000 ई•में "अन्तर्राष्ट्रीय विश्व शान्ति प्रबोधन महासंघ"-यू•एस•ए•एवं विश्व स्तरीय एन•जी•ओ• द्वारा "ह्यूमन राइट मिलेनियम एवार्ड"से सम्मानित किया गया है।

भूतपूर्व प्रधानमंत्री मा• अटल बिहारी वाजपेयी ने आपके विचारों एवं कार्यक्रमो की पत्र द्वारा सराहना की है।

भूतपूर्व राष्ट्रपति मा• डॉ•के•आर•नारायणन ने भी पत्र द्वारा आपके विचारों के प्रति सम्मान जाहिर किया हैं।

इलाहाबाद विश्वविद्यालय के उपकुलपति (वाइस चांसलर) प्रोफेसर रतन लाल हंगल ने डॉ•गोपाल चन्द्र मजूमदार के मौलिक विचारों की सराहना की

एवं पत्र के माध्यम से कहा कि I hope that your efforts will be of great academic significance.

अलीगढ़ मुस्लिम यूनिवर्सिटी की तरफ से कहा गया है कि Hope it will give brightness to the world peace, enlighting brotherhood on the globe and our readers will certainly inspired from same.

लेखक के दो शब्द

मैंने यह पुस्तक विश्व में धर्म की अज्ञानता के कारण लिखी है। यह पुस्तक सम्पूर्ण विश्व में धर्म की अज्ञानता को दूर करेगी। विश्व के सम्पूर्ण धर्म पुस्तक के धार्मिक विषयों को स्पष्ट करते हुये धर्म दर्शन को स्पष्ट रूप से समझाने का प्रयत्न किया है। इस पुस्तक के माध्यम से मैंने विश्व के सभी दर्शन को वैज्ञानिक एवं मनोवैज्ञानिक ढंग से स्पष्ट करते हुये पूर्णरूप से धार्मिक मतभेद भी समाप्त करने का प्रयत्न किया है। अतः इसी धार्मिक मतभेद को समाप्त करने के लिए ही मैंने आरम्भ में ही इस पुस्तक का नाम भी वैसा ही लिखा है। जिससे लोगों को यह समझ में आसानी से आ जाये की यही चारों दर्शन ही प्रत्येक धर्म का वास्तविक दर्शन है।

हमने अपने प्रयत्न में हमेशा सत्य को ही अपनाया है, कहीं पर भी हमने तुष्टिकरण का सहारा नहीं लिया है। पूर्ण रूप से सत्य के आधार पर हमने लेखनी को अपना आधार बनाया है। इसी आधार पर ही मैं सम्पूर्ण विश्व में धर्म को उजागर करने में एवं धार्मिक मतभेद को मिटाने में पूर्ण रूप से सफल हो सका हूँ।

लेखक

डॉ0 गोपाल चन्द्र मजुमदार

सम्पूर्ण विश्व में धर्म की स्थापना पूर्णरूप से स्थापित हो चुकी है। कोई भी ऐसी जगह नहीं है या विश्व में कोई भी ऐसा मानव नहीं है, जिसका सम्बन्ध किसी न किसी धर्म से न जुड़ा हो। विश्व के प्रत्येक व्यक्ति का सम्बन्ध धर्म से जुड़ा हुआ है। हाँ, यह अवश्य है कि विश्व के सभी मानव का सम्बन्ध केवल विश्व में प्रचलित एक ही धर्म से नहीं है, वरन् विश्व के विभिन्न मानव विश्व में प्रचलित विभिन्न धर्मों से सम्बन्ध रखते हैं। ये सभी मानव कोई इस्लाम धर्म, ईसाई धर्म, सिक्ख धर्म, पारसी धर्म, बौद्ध धर्म, जैन धर्म एवं कोई वैदिक धर्म से जुड़े हुए हैं।

अतः सम्पूर्ण विश्व में केवल एक धर्म के प्रचार–प्रसार का आधिपत्य नहीं रहा है। धरती पर इस तरह अनेक धर्म स्थापित हुये एवं निरन्तर ये सभी धर्म प्रचार–प्रसार के माध्यम से अग्रसर भी हैं। सभी धर्मों के लोगों की यह मनसा होती है कि उनके धार्मिक विचारों को सभी लोग अपनायें एवं उनके साथ मिलकर उनके धर्म को ग्रहण करें व प्रचार–प्रसार भी करें। यह कार्य निरन्तर सदियों से चला आ रहा है।

मानव स्वेच्छा पूर्वक जिस धर्म को समझे, उस धर्म में वह जा सकता है। उस पर कोई दबाव नहीं है कि वह इसी धर्म को अपनाये। उसकी इच्छा सर्वोपरि थी। जिस धर्म में जाना चाहे, जा सकता है। ऐसा नियम पहले भी था, वह आज भी ऐसा ही नियम है। किन्तु खेद है कि कुछ धार्मिक संगठनों या समुदाय के लोगों ने इस नियम का पालन नहीं किया। वे धन का लोभ देकर या बलपूर्वक भय दिखाकर अपने–धर्म में लाने का प्रयत्न भी किये हैं और आज भी करते आये हैं। जो सर्वथा एक अनुचित कार्य था या है।

इस तरह 'धर्म' जहाँ पर उसका उद्देश्य सत्य एवं शान्ति से था वही यह धर्म परस्पर द्वेष, हिंसा एवं मतभेद भी दिया है। लोग ने अपने–अपने धर्म को समझने से ज्यादा दूसरे धर्मों के मतभेदों, रीति–रिवाजों पर अधिक ध्यान देने लगे हैं। फलतः लोगों में यह मतभेद रंजिश, द्वेष, आपसी टकराव का रूप ले लिया। धर्म की उत्पत्ति का उद्देश्य जहाँ समाज में आपसी प्यार करने का था, वहीं पर यही धर्म आपसी टकराव के फलस्वरूप एक साम्प्रदयिक दंगे के रूप में परिवर्तित हो गया है।

लोग अपने धर्म को सही एवं दूसरे धर्म को पूर्णतया गलत माननने लगे हैं। लोग यह समझने लगे कि वह जो दूसरा व्यक्ति धर्म के नाम पर कर रहा है, वह बिल्कुल गलत कर रहा है। अतः वह मानव दण्ड का भी भागीदार है। उसे दण्ड देना कोई गलत कदम नहीं होगा। उसे दण्ड मिलना ही चाहिए। ऐसा प्रायः सभी धर्म के लोगों को एक दूसरे के धर्म पर अविश्वास है। अतः एक दूसरे को दण्डित करने के लिए, वे एक–दूसरे को मार डालने से भी नहीं कतारते हैं। फलतः मानव समाज में भय एवं अशान्ति का माहौल होना स्वाभाविक है। यह भय एवं अशान्ति का माहौल न जाने कब से चला रहा आ रहा है। हजारों वर्ष बीत चुके हैं। जितना मार–काट राजाओं ने जमीन एवं राज्य पाने के लिए किया है, धार्मिक वैचारिक मतभेद ने इससे कम रक्तपात नहीं किया है। अब तक करोड़ों की संख्या में लोगों को मृत्यु की गोद में सुलाया जा चुका होगा और आज भी यह धार्मिक मतभेद मृत्यु देवी के रूप में करोड़ों लोगों की मृत्यु का इंतजार करती हुयी खड़ी है। कब, कहाँ, किसको यह निगल लेगी, कोई समझ नहीं पाता। आश्चर्य तो तब होता है कि लोग मतभेद के कारण हुए मृत्यु को मृत्यु देवी का आशीर्वाद समझ रहे हैं। जब कि वह मृत्यु राक्षसी के रूप में हम सभी मानव को एक–एक करके भक्षण करती जा रही है।

हम ज्यों–ज्यों वैज्ञानिक युग की तरफ बढ़ते जा रहे हैं। इस राक्षसी का विकराल रूप भी बढ़ता जा रहा है। ऐसा लग रहा है कि समय रहते अगर इस मृत्यु राक्षसी का वध न किया गया तो निश्चित है कि यह अपने भयंकर राक्षसी रूप में प्रकट हो जायेगी। यह भयंकर मृत्यु राक्षसी समस्त संसार का ही तब विनाश कर देगी।

धर्म मानव समाज के लिए जितना अमृत तुल्य है, धर्म में मतभेद होना उससे कहीं अधिक समस्त मानव समाज के लिए विष तुल्य है। इस विष को सदैव के लिए समाप्त करना प्रत्येक मानव का कर्त्तव्य है, साथ ही साथ विश्व के प्रत्येक देश की सरकार का भी यह कर्त्तव्य बनता है कि इस धार्मिक मतभेद को समाप्त करने के लिए निरन्तर प्रयासरत हो, जिससे विश्व में धार्मिक मतभेद को समाप्त किया जा सके। तभी आज एवं आने वाली भावी पीढ़ी के लोग सुख एवं शान्ति से जीवन बसर कर पायेंगे।

किन्तु अफसोस है कि हमारा ही देश नहीं वरन् विश्व के करीब सभी देश इस विषय को बिल्कुल ही नजर अन्दाज कर रहे हैं। वह इसे अपनी नियति मान रहे हैं या वे दिशा भ्रम में हैं। ऐसा लग रहा है कि सभी देश इस विषय पर किंकर्त्तव्य विमूढ़ सा हो गये हैं।

ऐसी स्थिति में विश्व के अनेक देशों ने धर्म के मामले में धर्म निरपेक्षता को अपनाया है और कईयों ने तो अपने एक ही धर्म को राष्ट्रीय धर्म का दर्जा भी दे रखा है। ऐसे में समस्त विश्व में धर्म और धार्मिक मतभेद को लेकर युद्ध होना स्वाभाविक बन चुका है।

विश्व में विश्व युद्ध का माहौल आज धार्मिक मतभेद के कारण से भी है। धर्म में मतभेद ही विश्व में विश्व युद्ध का माहौल उत्पन्न कर रहा है। ऐसी स्थिति में सभी देशों के सरकार एवं जनता को चाहिए कि वे ऐसे तथ्यों को, ऐसे लोगों या संस्थाओं को प्रोत्साहित करें, जो इस मतभेद को मिटाने की दिशा में निरन्तर अग्रसर हैं। ऐसे विचार वाले वैचारिक कदम से हम सभी को एवं सरकार को भी कदम से कदम मिलाकर चलना चाहिए। जिससे मानव समाज में एक स्वस्थ सत्ययुक्त एवं वैचारिक धर्म की स्थापना हो सके।

ऐसा यह तभी सम्भव हो सकता है, जब हम सभी इनके मतभेद को समाप्त कर पायेंगे। इसके लिए विश्व के प्रत्येक धर्म का मनन–चिन्तन व अध्ययन करना नितान्त आवश्यक है। जो आज से पूर्व किसी ने भी ऐसा अध्ययन–मनन नहीं किया है, न ही ऐसा आभास भी हो रहा है कि कोई ऐसा अध्ययन, मनन व चिन्तन सभी धर्म पुस्तकों का करेगा। फलतः विश्व में धर्म के मतभेद को मिटाना एक बहुत ही जटिल कार्य है।

इस जटिल कार्य को सफलतापूर्वक करने के लिए कुरान धर्म पुस्तक की ओर से तो चुनौती भी दी जा चुकी है कि 'इस मतभेद को कोई भी मानव हिजरी सन् चौदसवीं तक सुलझा नहीं सकता है। चौदसवीं के बाद ही इस मतभेद को भी आकर मिटाऊँगा। क्योंकि सिर्फ वह ही धर्म का सच्चा जानकार है।' इस तरह की चुनौती देने के बावजूद भी कोई भी इस मतभेद को दूर करने की बात तो बहुत ही दूर की है, किसी ने भी इनके मतभेद को दूर करने का सफल प्रयास भी नहीं कर सका है। फलतः आज भी यह मतभेद वैसा ही बना हुआ है, जैसा वह कल था। जबकि आज वैज्ञानिक युग होने के कारण यह समस्या और भी विकराल रूप ले चुका है।

मैंने धर्म की ऐसी स्थिति को बचपन से ही देखा है। लोग लड़ते थे आपस में, मरते भी थे। यहाँ तक मैंने बचपन में ही सुना था कि देश धर्म के नाम पर पर ही दो भागों में बट चुका था।

कितनी मार्मिक व्यथा थी। जो धर्म मानव–मानव को जोड़ती है। एक–दूसरे मानव से गले लगाती है, उसी धर्म ने देश को दो टुकड़ों में विभाजित कर दिया। कितना शर्मनाम था वह दिन, कितनी अज्ञानता थी धर्म को लेकर। उनकी अन्ध–धार्मिक मानसिकता ने उन्हें हैवान बना दिया था। इन्हीं हैवानियत मानसिकता वाले लोगों ने दोनों देशों की

नींव रखा है। शर्म आनी चाहिए उन लोगों को जो अपने आपको एक इंसान कहते हैं। एक जानवर से भी बदतर थी उनकी मानसिकता।

अतः मेरा बचपन से ही धर्म को लेकर चिन्तन करना स्वाभाविक रूप से जागृत हो चुका था। मैं धर्म, ईश्वर पर निरन्तर चिन्तन करता गया। यह चिन्तन, मनन लगातार दिन–रात, महीनों, वर्षों तक चला। जब तक मैंने अपनी मंजिल को पा न लिया। बचपन से यह चिन्तन आरम्भ होकर हिजरी सन् चौदहवीं के अन्त तक चला। निरन्तर हर दिन, हर पल, दिन–रात मैंने चिन्तन मनन किया था। मुझे मेरी यह तपस्या का फल चौदहवीं के बाद ही मिला। मेरी तपस्या सफल हुयी। मैंने अपना लक्ष्य पा लिया था। विश्व में धार्मिक मतभेद को समाप्त करने का रास्ता पा लिया था। मेरे सामने समस्त विश्व का धर्म एक खुली किताब की तरह स्पष्ट हो चुका था। मेरा चंचल एवं व्यग्र मन अब शान्त हो चुका था। धर्म में मेरी स्थिति बिलकुल स्थिर हो चुकी थी। मैं खुश था, मेरी तपस्या, चिन्तन–मनन पूर्णतया सफलता को प्राप्त कर चुकी थी। धर्म, ईश्वर, भगवान के वास्तविकता को मैं जान चुका था। अतः धर्म मेरे सामने बिलकुल स्पष्ट था। इसी कारण धर्म के मतभेद को मिटाना मेरे लिए एक सहज स्वाभाविक कार्य था। अतः मैंने निश्चय कर लिया था कि मैं विश्व में धर्म के मतभेद को सदा के लिए मिटा दूँगा।

अपने इसी उद्देश्य को पूरा करने के लिए मैंने सन् 1887 में बनारस हिन्दू विश्वविद्यालय के मुख्य गेट 'लंका गेट' पर विश्वविद्यालय के कुलपति डा0 रस्तोगी से अनुमति लेकर "विश्व राष्ट्र प्रेम" के झण्डे को स्थापित किया था। यह आवाह्न भी किया था कि विश्व के समस्त मानव अपने–अपने राष्ट्रीय झण्डे के साथ–साथ "विश्व राष्ट्र प्रेम" के झण्डे को भी उठाये एवं लहरायें। यह झण्डा आसमानी रंग में दो–तिहाई आयताकार रूप में था। इस झण्डे पर तृतीया का चाँद बनाया गया था। तृतीया के चाँद को ईद का चाँद, ईस्टर का चाँद, अक्षय तृतीया का चाँद एवं प्रेम का मनोवैज्ञानिक आकार कहा गया था। आसमानी रंग का अर्थ विश्व व्यापकता से था। अतः इस चाँद का अर्थ सम्पूर्ण विश्व को प्रेम से बाँधना होता है। अपने प्रेम को विश्व व्यापकता में स्थित करना इस झण्डे का तात्पर्य था। इस झण्डे को समस्त राष्ट्र से जोड़कर मैंने धर्म एवं राजनैतिकता को भी एक में मिलाने का प्रयत्न किया है। जिससे धार्मिक एवं साथ ही साथ राजनैतिक स्तर पर भी लोग विश्व प्रेम के रास्ते पर चलने के लिए अग्रसर हो सकें। दोनों के विचारों में भी कोई मतभेद न हो। दोनों स्तर पर लोग यह महसूस कर

सकें कि विश्व प्रेम की छत्रछाया में ही मानव समाज सुरक्षित एवं शान्ति को प्राप्त कर सकता है। इसके अलावा विश्व में दूसरा कोई रास्ता ही नहीं।

अतः हमने यह भी कहा कि विश्व शान्ति एवं विश्व प्रेम को पृथ्वी पर स्थापित करने के लिए "विश्व राष्ट्र प्रेम" का झण्डा एकमात्र विकल्प है। इस झण्डे का विश्व में कोई दूसरा विकल्प ही नहीं है।

तत्पश्चात् मैंने विश्व प्रेम पर विचार सूत्र के रूप में लिखना शुरू किया, जिससे लोगों को इसके ज्ञान की सही जानकारी हो सके। मैंने धर्म की वास्तविकता को स्पष्ट करने के लिए विचार लिखना शुरू किया। अपने कार्यक्रमों के माध्यम से लोगों तक इन विचारों को पहुँचाने भी लगा।

अतः कई वर्ष निरन्तर प्रयास स्परूप मैंने अपने सभी विचारों को संकलित कर दो पुस्तकों को प्रकाशित कराया।

1. मानव समाज का फैसला

2. परिपूर्ण शाश्वत प्रेम दर्शन

दोनों पुस्तकें लिखने के बाद भी मैंने महसूस किया कि विश्व में पूर्णतया धर्म के मतभेद को समाप्त करने के लिए एवं समस्त धर्म के ज्ञान को सरल एवं स्पष्ट रूप में करने पर मानव समाज में यह मतभेद स्वतः ही धीरे–धीरे समाप्त हो जायेगा। अतः मैंने यह तीसरी पुस्तक लिखने का मन बनाया है, जिससे विश्व के समस्त धर्मों को सहज रूप में स्पष्ट करते हुये यह समझाया जा सके कि विश्व के प्रत्येक धर्मों में आपस में कोई मतभेद ही नहीं है। वरन् सभी धर्म एक ही वस्तु को अपने–अपने अलग ढंग से व्यक्त किये हैं।

विश्व के समस्त धर्मों का अध्ययन, मनन, चिन्तन करने के बाद ही मैंने यह पुस्तक लिखने का मन बनाया है। अतः गम्भीर अध्ययन के बाद ही मैं समस्त विश्व के सम्मुख यह घोषणा करता हूँ कि "सम्पूर्ण विश्व में केवल चार ही दर्शन हैं"। धर्म में वास्तविक मूल दर्शन केवल चार ही है। इन चारों दर्शन के अलावा जो भी अन्य रीति–रिवाज के कारण धर्म दिखते हैं, वह दरअसल में धर्म का मूल दर्शन नहीं है। हाँ मूल दर्शन को पाने के लिए उस जगह की परिस्थिति एवं मानव मन की स्थिति के आधार पर रीति–रिवाज बनाये गये हैं, जिसे धर्म से जोड़

दिया गया है। अतः रीति–रिवाज को मूल धर्म दर्शन नहीं समझना चाहिए। इस तरह अगर हम रीति–रिवाज को छोड़कर सभी धर्म का अध्ययन करते हैं तो हम पाते हैं कि सभी धर्मों का मूल दर्शन एक ही है।

समस्त विश्व में केवल चार ही मूल रूप में धर्म दर्शन है। अभी तक समस्त धर्मों के आधार पर केवल चार दर्शन ही दिखे हैं। मैं तो यहाँ तक समझता हूँ कि अगर इन चार दर्शन के अलावा आप पाँचवाँ दर्शन के लिए खोज करेंगे, तो आप निश्चित रूप से असफल होंगे। आप इन दर्शन के अलावा पाँचवाँ दर्शन कदापि नहीं पायेंगे। अतः विश्व में यह चार दर्शन आरम्भ में भी था। मध्यकाल में था और आज भी है। भविष्य में भी केवल चार धर्म दर्शन ही रहेंगे। यही दर्शन ही आरम्भ है और अन्त भी है।

अतः सिर्फ यही चार दर्शन को अगर आप अध्ययन, मनन एवं चिन्तन कर लें तो निश्चय आप विश्व के सभी धर्म को अनायास ही जान जायेंगे, समझ भी जायेंगे।

मैं अपनी पुस्तक में इन्हीं चार दर्शन का उल्लेख इस तरह से करना चाहूँगा, जिससे आपको इनके बारे में विस्तार पूर्वक जानकारियाँ प्राप्त हो सकें और साथ ही साथ यह आभास भी हो सके कि सभी धर्मों में इन्हीं चार धर्म दर्शन का ही उल्लेख है। हो सकता है कि किसी–किसी धर्म पुस्तक में इन चार दर्शनों में केवल दो या तीन दर्शन का ही जिक्र हो किन्तु किसी भी धर्म पुस्तक में इन चार दर्शन से ज्यादा या अधिक दर्शन नहीं मिलेंगे। यही केवल चार दर्शन ही विश्व के समस्त धार्मिक पुस्तकों में दृष्टिगोचर होते हैं, क्योंकि पाँचवाँ दर्शन का तो कोई अस्तित्व ही नहीं है। हम रीति–रिवाज को धर्म दर्शन नहीं कह सकते हैं। रीति–रिवाज केवल उन दर्शनों को पाने का तरीका है, रास्ता है, धर्म दर्शन नहीं है।

अतः हम सभी उन रीति–रिवाज को तवज्जो न देकर केवल उन दर्शन को समझने का प्रयत्न करें, जिनके आधार पर ही विश्व के समस्त धर्म टिके हैं। इन्ही चार दर्शन के नींव पर विश्व के समस्त धर्म निर्मित हुये हैं, समस्त धर्म एक मजबूत स्तम्भ की भाँति खड़े हैं।

लोगों ने तो अनेक बार कोशिश भी किया कि इन स्तम्भ को ढहा दें, विनिष्ट कर दें, किन्तु ऐसा कभी नहीं हो सका। न ही कभी भी

होगा, क्योंकि ये चार दर्शन ही मात्र पूर्णरूप में सत्य हैं। सत्य को कभी भी विनिष्ट नहीं किया जा सकता है।

हम इन चारो दर्शन का उल्लेख पहले संक्षिप्त में दे रहे हैं। तदन्तर इसे एक–एक करके वृहद रूप में उल्लेख करेंगे।

पहला दर्शन = ईश्वर दर्शन –

ईश्वर दर्शन कब से आरम्भ हुआ है इसका कोई स्पष्ट उल्लेख नहीं मिलता है। यह दर्शन साकार एवं निराकार रूप दोनों में मिलता है। लगता है हमारी, आपकी सुसंस्कृति भाषा की उत्पत्ति से भी पहले ईश्वर ज्ञान का आरम्भ हो चुका था। क्योंकि भाषाओं में भी ईश्वर ज्ञान का समावेश किया गया है। अतः यह ज्ञान अनादिकाल से चला आ रहा है।

दूसरा दर्शन = सम्पूर्ण जीव जगत से प्रेम करना –

विश्व के प्रत्येक जीव, विश्व के प्रत्येक मानव से प्रेम सम्बन्ध रखना। सभी से एक रिश्ता कायम करना, वह रिश्ता विश्व प्रेम का हो, वात्सल्यमयी, ममता एवं करुणा का हो। सम्पूर्ण विश्व में जिनमें समस्त मानव एवं जीव–जन्तु भी हैं, प्रेम बन्धन में बँधना है। अपने प्रेम को विश्व व्यापकता में स्थित करना, जिस विश्व व्यापकता में सम्पूर्ण जगत एवं सम्पूर्ण मानव, जीव जगत भी हैं।

हम सभी मानव को ईश्वर से प्रेम करने के साथ सम्पूर्ण मानव को प्रेम करना चाहिए, चाहे वह मानव किसी भी रूप में, नर, दानव, देवता या ईश्वर के रूप में हो। सम्पूर्ण जीव–जगत से प्रेम रखना, केवल ईश्वरी प्रेम से कहीं कठिन व यह एक कदम आगे का प्रेम है।

तीसरा ज्ञान = खुद या अहं का ज्ञान –

अहं या खुद का ज्ञान का महत्व भी अनादि काल से चला आ रहा है। इसको कहीं पर ब्रह्म कहकर सम्बोधित किया गया है, तो कहीं पर इसे ही होश या विवेक कहा गया है। कहीं–कहीं पर इसे सर्प, नाग या अजगर कहकर भी सम्बोधित किया गया है। सम्पूर्ण विश्व में सम्पूर्ण जीव–जन्तु, मानव की उत्पत्ति इसी खुद या अहं भाव शक्ति ने किया है। इसी अहं भाव शक्ति के धरातल में ही जीव, मानव की उत्पत्ति एवं विकास हुआ है। यही ब्रह्म कहता है, यही अजगर भी कहता है कि मानव को मैंने ही बनाया है। अतः खुद या अहं का दर्शन या ज्ञान प्राप्त करना भी धर्म का यह एक महत्वपूर्ण अंग होगा।

चौथा ज्ञान = वात्सल्य ज्ञान = माता–पिता एवं पुत्र प्रेम का ज्ञान –

ऊपर लिखे गये तीनों तरह के ज्ञान को अर्जित करने के लिए चौथे ज्ञान को आधार बनाया गया है। वास्तव में सभी ज्ञान इसी चौथे ज्ञान पर ही अंकुरित हुये हैं। यह ज्ञान स्वाभाविक एवं शाश्वत भी है। अतः विश्व कल्याण के लिए एवं तीनों ज्ञान को अर्जित करने के लिए इस चौथे ज्ञान को विकसित करना नितान्त अनिवार्य सा है। अतः सम्पूर्ण जगत में जीव जगत में वात्सल्य भाव रस को विकसित करने के लिए ही मा'ता–पिता एवं पुत्र की सृष्टि हुई। यहीं से सृष्टि का आरम्भ हुआ है। इसे ही दोबारा जन्म कहते हैं। यहीं से मोह की उत्पत्ति हुयी। माताा–पिता, पुत्र का मोह भाव आरम्भ हुआ। इसी मोह भाव से ही समस्त जीवों में वात्सल्य प्रेम को विकसित करने की प्रतिक्रिया आरम्भ हुई।

इस तरह विश्व के समस्त धर्मों का मूल–सार यही चार दर्शन हैं। अब मैं आगे आपको यह स्पष्ट करूँगा कि किस तरह से प्रत्येक धर्म ने इन चार दर्शन को कहा है। लोगों को अपन ढंग से समझाया है। मैं उनकी बातों को एवं उनके संकेतों को आपके सम्मुख करूँगा, कि वे संकेतों एवं अपनी कथाओं के माध्यम से क्या कहना चाहते हैं। आप को स्वतः ज्ञान हो जायेगा कि सम्पूर्ण विश्व में वास्तव में केवल यही चार दर्शन ही हैं।

तो आइये एक–एक करके हम इन दर्शनों का वृहद रूप में उल्लेख करते हैं –

पहला दर्शन = ईश्वर दर्शन –

सभी दर्शन की भाँति यह ईश्वर दर्शन भी अनादि काल से चला आ रहा है। यह कब से चला आ रहा है, इसका उल्लेख कहीं भी स्पष्ट रूप से नहीं दिखता है किन्तु फिर भी मैं कोशिश करूँगा कि यह कब, कहाँ से उदित हुआ है ?

सर्वप्रथम हम ईश्वर शब्द के शाब्दिक अर्थ पर विचार करते हैं। ईश्वर शब्द दो शब्दों से बना शब्द है। ई एवं स्वर मिलकर ही ईश्वर शब्द बना है। वास्तव में ई से जब स्वर मिलता है, तब उसका उच्चारण ईश्वर हो जाता है। अतः इसी कारण वश इसे ईस्वर न कहकर ईश्वर कहते हैं। क्योंकि ईस्वर में दोनों शब्द आपस में पूर्णतया मिल नहीं पाते

हैं, अतः पूर्णरूप से मिलाने के लिए, दोनों शब्दों को एक शब्द रूप देने के लिए उसे ईश्वर कहा गया है एवं ईश्वर लिखा भी गया।

विश्व का कोई भी अक्षर हो आवाज या शब्द उन सभी में स्वर अवश्य ही जुड़ा रहता है। बिना स्वर के विश्व में कोई भी अक्षर या शब्द व आवाज भी नहीं है। अतः सम्पूर्ण विश्व की सृष्टि भी इसी स्वर एवं व्यंजन शब्द से ही हुई है। स्वर व्यंजन शब्द से इस तरह से जुड़ा हुआ है कि उन्हें अलग नहीं किया जा सकता है। बिना स्वर के कोई भी व्यंजन नहीं होता है, किन्तु बिना व्यंजन के स्वर होते हैं। अतः स्वर का शब्दों में बहुत ही महत्व रहता है। एक ही व्यंजन में भिन्न–भिन्न स्वर लगने से उसके भाव में भी अन्तर हो जाता है। अतः प्रत्येक स्वर का अपना एक अलग ही भाव होता है। स्वर में ई स्वर का भी अपना एक अलग ही भाव है। इसी अलग भाव को ही ईश्वरी भाव कहकर सम्बोधित किया गया है। सभी व्यंजन अक्षर प्रकृति का शब्द हैं एवं सभी स्वर ईश्वर का अंश हैं, जिनमें ई स्वर ईश्वर का परिपूर्ण अंश है।

हमारी भाषा ज्ञान में भी ईश्वर ज्ञान को भी सम्मिलित किया गया है। अतः जहाँ–जहाँ पर ईश्वर के भाव–रस को बोध होता है, वहाँ–वहाँ पर शब्दों के साथ ई स्वर को भी जोड़ा गया। उसे ई मात्रा के रूप में शब्दों में प्रयोग करके सम्बोधित किया गया है। जिससे उन शब्दों में भी ईश्वर भाव रस सम्मिश्रण हो सके। इस तरह के शब्दों को उच्चारित करने पर भी ईश्वर भाव–रस प्रस्फुटित हो सके या उत्प्रेरित कर सके। इस तरह हमारे भाषा ज्ञान में इसका भरपूर योगदान रहा है।

नारी की उत्पत्ति भी ईश्वर के बाद की उत्पत्ति है। नारी पहले औरत थी। इसे नारी रूप में सृष्टि किया गया है। नारी भी दो शब्दों से बना है। ई एवं नार से बना है। नार का अर्थ उत्पत्ति से है। अतः जो ई से उत्पत्ति हुआ हो उन्हें नारी कहते हैं। अतः जहाँ–जहाँ शब्दों में नारित्व भाव को दर्शाना होता है, वहाँ–वहाँ शब्दों एवं अक्षरों में ई स्वर का प्रयोग किया गया है। ई स्वर ई की मात्रा के रूप लगाया जाता है। इससे अक्षर या शब्द ई स्वर में रूपान्तरित हो जाता है। ई स्वर रूपान्तरित हो जाने से शब्द या व्यंजन नारित्व भाव रस या ईश्वर भाव रस से युक्त हो जाता है।

इस तरह हम आभास करते हैं कि ईश्वर ज्ञान हमारी भाषा ज्ञान, हमारी सृष्टि, से भी पहले का ज्ञान है। इस तरह हम यह समझ चुके हैं कि जहाँ–जहाँ पर ईश्वर भाव रस का हमें आभास होता है, हम उसे

नारित्व भाव रूप में; ईश्वर भाव रस से सम्बोधित करते हैं एवं उच्चारित भी ई स्वर में ही करते हैं।

अब हम ईश्वर में ई शब्द का भी भाव अर्थ ढूँढना चाहेंगे। ई शब्द क्यों इस तरह से लिखा जाता। हिन्दी भाष हो या अंग्रेजी का ꟽ शब्द हो या अन्य भाषा हो। सभी में एक समानता अवश्य पायी जाती है। वह है तीन तृतीया के चाँद आकार एवं एक गोलाकार आकार का होना भी, हमें एक ही भाव संकेत की ओर दर्शाता है। तृतीया के चाँद को अक्षय तृतीया का चाँद कहा गया है। यह दूज के बाद आने वाली तृतीया के चाँद को ईद का भी चाँद कहते हैं। इसे ईस्टर का चाँद भी कहते हैं। यह प्रेम का एक मनोवैज्ञानिक आकार है। ऐसा ज्ञान अनादि काल से ही चला आ रहा है। ई शब्द में एक गोलाकार आकार विश्व का संकेत करता है। अतः ई शब्द में एक चाँद मध्य की तरफ, एक चाँद ऊपर की तरफ और एक चाँद नीचे की ओर है। जो यह संकेत करता है कि प्रेम का प्रतीक यह तृतीया का चाँद ऊपर मध्य एवं नीचे सर्वत्र व्याप्त है। अर्थात् सम्पूर्ण जगत में प्रेम व्याप्त है। तीनों चाँद के मिलने से परिपूर्ण प्रेम का भाव व्यक्त होता है। ई शब्द में एक गोला होने के कारण विश्व का भी संकेत करने से यह परिपूर्ण प्रेम, परिपूर्ण विश्व प्रेम में रूपान्तरित हो जाता है। अतः ई का शाब्दिक अर्थ परिपूर्ण विश्व प्रेम को दर्शाता है।

यहाँ पर यह भी स्पष्ट होता है कि ईश्वर से पहले या उसी समय से ही तृतीया के चाँद के महत्व का ज्ञान हो चुका था। मात्र यही एक तृतीया का चाँद है, जिसे अनादि काल से ही लोग अक्षय तृतीया के रूप में पूजते एवं जानते आये हैं। एक उत्सव एवं व्रत, पूजा, आराधना के रूप में अनादि काल से ही इसे मानते आये हैं।

आज भी विश्व के प्रत्येक धर्म में इस तृतीया के चाँद का महत्व है। वह धर्म बौद्ध धर्म हो या इस्लाम या ईसाई धर्म क्यों न हो। सभी धर्मों ने इसी चाँद को ही महत्व देना स्वीकारा है। इसी चाँद को धर्म का आधार भी स्वीकारा है।

तृतीया का चाँद का आकार एक मनौवैज्ञानिक प्रेम का आकार है। जिसे देखने मात्र से हमारे व आपके मन, मस्तिष्क में प्रेम भाव उत्प्रेरित होने लगता है। हमारे आपके सम्पूर्ण अंग भी इसी आकार के आधार पर ही निर्मित हुये हैं। विशेषकर होठ, आँखें, भौहें इत्यादि सुन्दर अंगों को इसी आकार भाव रूप में देकर और अधिक सुन्दर बनाये गये हैं। अतः यह हम सभी सहर्ष रूप में कहने को बाध्य होंगे कि निश्चित ही तृतीया

का चाँद का आकार एक मनोवैज्ञानिक प्रेम का आकार है। जिसको देखने मात्र से ही हम सभी के मन मस्तिष्क में प्रेम भाव प्रवाहित होने लगता है।

ईसाई धर्म में तृतीया के चाँद को ईस्टर के रूप में मनाया जाता है। यह ईस्टर का त्योहार ईसा मसीह के जन्म के पहले से था। लोग इसे पहले से ही मनाते आये हैं। इसे परम पवित्र–पूजनीय भी मानते थे। बाद में इसे ईसा मसीह के पुनः जीवन से जोड़ दिया गया है।

इस्लाम धर्म में तो यह बहुत ही महत्पूर्ण समझा गया है। इसे ईद के रूप में प्रतिवर्ष बड़े ही धूम–धाम से मनाया जाता है।

तृतीया का आकार प्रेम का मनोवैाज्ञिक आकार तो है ही किन्तु जब यह आकारनुमा चाँद आकाश में उदित होता है तो यह प्रेम विश्व व्यापकता में स्थित होकर और भी अधिक महत्वपूर्ण बन जाता है। तृतीया का चाँद विश्व व्यापकता में स्थित होता है। वह अपने प्रेम भाव प्रकाश से सम्पूर्ण विश्व व्यापकता को समेटता है। इस तरह से वह चाँद परिपूर्ण नूर को प्राप्त करके, धरती पर भी अपनी किरणों के माध्यम से परिपूर्ण नूर को बरसाता है। अतः यह दिन यह चाँद एक विशेष स्थिति में होने के कारण इसका भी एक विशेष महत्व होता है। इस दिन यह चाँद विश्व व्यापकता को आत्मसात करके उसका प्रेम परिपूर्ण प्रेम में रूपान्तरित हो जाता है।

अतः शाश्वत प्रेम से भी अधिक महत्व परिपूर्ण शाश्वत प्रेम का होता है। अतः इस दिन हर्षोल्लास उत्सव मनाना सभी के लिए स्वाभाविक ही है।

बौद्ध धर्म में भी महात्मा बुद्ध के पहले से ही यह तृतीया का चाँद बहुत ही विशुद्ध, पूजनीय माना गया है। लोग आज भी इसे एक पवित्र उत्सव के रूप में मनाते हैं। लोग मानते हैं कि इससे अधिक पवित्र विश्व में और कोई भी नहीं है। निश्चय ही यह भी एक शाश्वत प्रेम का ही प्रतीक है। जो विश्व व्यापकता को भी आत्मसात कर लेने के कारण और अधिक महात्म एवं पूजनीय बन गया है।

इस तरह से हम जान पाते हैं कि सम्पूर्ण विश्व में समस्त धर्मों में तृतीया के चाँद का महत्व सर्वोपरि है। वैदिक धर्म में तो शिव के माथे पर ही स्थापित करके इसे दिखाकर संकेत दिया है कि यह चाँद परम शुद्ध एवं निष्कलंक है। माता पार्वती को भी जब शिव को पाने के लिए

तपस्या करनी पड़ी थी, तब नारद मुनि ने इन्हें इसी तृतीया के चाँद के दिन से ही आरम्भ करने को कहा था। एक तृतीया से दूसरे तृतीया तक तपस्या करने की सलाह दिया था।

इस तरह से यहाँ पर यही ज्ञात होता है कि यह ज्ञान पार्वती से भी पहले का ज्ञान है। यह कब से आरम्भ हुआ है। यह ठीक–ठीक कहना तो बहुत ही मुश्किल सा है। न ही उसका इस तरह से कहीं पर भी उल्लेख मिलता है। फिर भी धार्मिक अध्ययन करने के बाद इस तृतीया की तिथि से सम्बन्धित एक देवी का नाम अवश्य जुड़ा है।

प्रतिवर्ष चैत माह के शुक्ल पक्ष में प्रथम तिथि से नवमी तिथि तक नौदुर्गा की पूजा की जाती है। नौदुर्गा को ही आद्याशक्ति कहा गया है। अर्थात् प्रारम्भिक काल से नौ शक्तियाँ जो जगत–जननी के रूप में प्रादुर्भाव हुयी थीं। उन्हीं देवियों का एक–एक दिन एक–एक देवी की पूजा अर्चना की जाती है। नौ शक्ति रूपी भी देवियों का नाम भी अलग–अलग है। पूजा उन्हीं देवियों के नाम से की जाती है। यहाँ पर मैं सभी देवियों का नाम न देकर केवल उस देवी का लिख रहा हूँ, जिनकी तृतीया के दिन ही पूजा–अर्चना की जाती है। इन्हें "चन्द्रघण्टा" के नाम से जाना जाता है। एक तो इनका नाम चन्द्रमा से जुड़ा है साथ ही साथ तृतीया के चाँद के दिन पर इनकी पूजा–अर्चना होने के कारण यह संकेत भी करता है कि इनकी महिमा व गौरव इस तृतीया के चाँद से अवश्य ही जुड़ा है। हो न हो शायद यही चन्द्रघण्टा देवी ही तृतीया के चाँद की ज्ञान का शुभारम्भ किया होगा। तभी इनके नाम के साथ यह तृतीया का चाँद जुड़ा हुआ है। चन्द्रघण्टा देवी का अवतरित होना कहीं भी जिक्र या उल्लेख नहीं मिलता है। इससे यह भी समझ में आता है कि यह ज्ञान अनादि काल से ही चला आ रहा है। जिसका कहीं पर भी स्पष्ट रूप में उल्लेख नहीं मिलता है। चन्द्रघण्टा देवी ही एक सर्वाधिक पुरातन काल की देवी हैं, जिसका समय, काल को निश्चित करना भी दुर्लभ है। अतः यह हम सभी को मान लेना चाहिए कि यह तृतीया की चाँद का ज्ञान अनादि काल से चला आ रहा है। आज भी हम सभी धर्म के लोग इसे उसी तरह से मनाते चले आ रहे हैं। आगे भी इसी तरह से मनाते भी चले आयेंगे।

अक्षय तृतीया का चाँद एवं ईश्वर के शाब्दिक अर्थ को समझने के बाद हम आपको इसके साकार एवं निराकार के बारे में भी उल्लेख करेंगे। अतः सर्वप्रथम मैं ईश्वर के निराकार रूप का उल्लेख करूँगा।

ईश्वर के निराकार रूप का उल्लेख –

ईश्वर के निराकार रूप का उल्लेख विश्व के प्रत्येक धर्म में किया गया है। प्रत्येक धर्म पुस्तक इसका समर्थन भी करती हैं। किन्तु मानव समाज में ऐसे भी लोग हैं, जो उन्हें स्वीकार करने से मना करते हैं। ऐसे लोग या तो साकार ईश्वर के प्रति अतिभक्ति में होकर ऐसा समझते हैं या निराकार ईश्वर के तथ्यों पर गम्भीर रूप से विचार, चिन्तन, मनन नहीं करते हैं। अतः हम सभी लोगों को पहले इनके वैचारिक महत्व को जानना एवं समझना होगा। बिना जाने–समझे हम लोगों को एक निष्कर्ष पर नहीं जाना चाहिए। हम लोग उनके बारे में जानकर एवं मनन, चिन्तन द्वारा समझकर ही एक निश्चित निष्कर्ष पर चल सकते हैं अन्यथा आप इस विषय पर गुमराह तो होंगे ही, साथ ही साथ सम्पूर्ण मानव समाज को भी गुमराह करेंगे।

वैदिक धर्म में निराकार ईश्वर ओम् को कहा गया है। ईसाई धर्म वालों ने इसे गॉड सम्बोधित करते हैं। कुछ लोग तो गॉड को साकार ईश्वर भी मानते हैं। अतः गॉड साकार है एवं गॉड निराकार है, ऐसा मानने वालों ने ही स्वयं को दो गुटों में विभाजित कर लिया है।

इस्लाम धर्म को मानने वाले तो केवल ईश्वर के एक ही रूप को मानते हैं, जबकि उनके कुरान धर्म पुस्तक में ईश्वर के साकार रूप का भी उल्लेख किया गया है। यह भी कहा गया है कि यह साकार रूप निराकार रूप के समान ही महान एवं पूजनीय है।

इस्लाम धर्म में निराकार रूप में अल्लाह कहा गया है। इस तरह प्रायः सभी धर्मों में ईश्वर के निराकार रूप के बारे में, उनके महत्व एवं स्वरूप के बारे में उल्लेख किया गया है।।

ओम, गॉड, अल्लाह ऐसे शब्द से निराकार ईश्वर को समझाया गया है। इन शब्दों का क्या है शाब्दिक अर्थ ? क्या है इनके विचार, भाव रस ? इनको जानना, समझना अति आवश्यक है।

हम ओम शब्द को ऊँ जैसा आकार में भी चिन्हित करते हैं। ऐसे ओम शब्द तीन अक्षर से बना शब्द है। अ, उ एवं म से मिलकर ओम शब्द बना है। अ का अर्थ अधोगति, उ से उर्धोगति एवं म से मध्य की ओर परिभाषित करता है। अतः इस तरह ओम का अर्थ जो ऊपर, मध्य एवं नीचे सर्वत्र व्याप्त है, उसे ओम कहते हैं। यह ओम जो सर्वत्र व्याप्त

है, वह किस रूप में है किस भाव रस में व्याप्त है, यह उसके ऊँ जैसा आकार चिह्न से स्पष्ट होता है।

यह चिह्न तीन तृतीया के चाँद के आकार से बना है। इनके तीन तृतीया का चाँद में एक चाँद मध्य को दर्शाता है, दूसरा ऊपर की ओर दर्शाता है एवं तीसरा तृतीया का चाँद नीचे की ओर संकेत करता है। इस तरह से यहाँ पर भी तृतीया का चाँद जो प्रेम का प्रतीक माना गया है वह प्रेम ऊपर, मध्य, नीचे सर्वत्र व्याप्त है, ऐसा संकेत करता है। इस तरह ईश्वर के निराकार रूप को प्रेम का सर्वत्र व्याप्त रूप को दर्शाता है। सम्पूर्ण विश्व में शाश्वत प्रेम व्याप्त है, इसे ही ओम कहा गया है। इन्हें ही ईश्वर का निराकार रूप से सम्बोधित किया गया है।

ओम की भाँति गॉड एवं अल्लाह में भी तीन तृतीया का चाँद होने के कारण यही संकेत करता है कि गॉड एवं अल्लाह सम्पूर्ण विश्व में प्रेम की व्यापकता व्याप्त है। इन्हीं प्रेम व्यापकता को ही अल्लाह एवं गॉड के नाम से परिभाषित किया गया है। अर्थात् गॉड या ओम, अल्लाह का नूर सर्वत्र व्याप्त है। सम्पूर्ण विश्व में इनका प्रेम बरस रहा है। इस तरह निराकार प्रेम भाव तत्व सम्पूर्ण जगह में व्याप्त होकर कण–कण में यह समाहित हुए हैं।

धर्म पुस्तक में यहाँ कहा गया है कि सम्पूर्ण ग्रह, नक्षत्र, आकाशीय पिण्डों की उत्पत्ति एवं इनका सदैव गतिमान रहना इन्हीं सम्पूर्ण प्रेम भाव तत्व के कारण है। वैदिक पुस्तकों में इन्हें ही काल तत्व भी कहा गया है। यही काल तत्व विश्व के समस्त जीव–अजीव को समान रूप से प्रभावित करते रहते हैं। जीवों में समस्त क्रियाएँ भी इन्हीं प्रेम तत्व की व्यापकता की प्रभाव के कारण है।

आज के मनोवैज्ञानिक एवं वैज्ञानिकों के लिए भी यह एक शोध का विषय है कि क्या विश्व में यह शाश्वत प्रेम तत्व सर्वाधिक सूक्ष्म तत्व है। अगर प्रेम तत्व ही सर्वाधिक सूक्ष्म तत्व है तो निश्चित तौर पर यह प्रेम की व्यापकता सम्पूर्ण विश्व में व्याप्त है।

अतः सभी गतिमान वस्तुएँ–क्रियाएँ भी इन्हीं सूक्ष्म तत्व के कारण से ही उत्पन्न होती हैं।

यह प्रेम की व्यापकता का मानव जीवन में क्या महत्व रखता है। अल्लाह, ओम या गॉड की प्रेम व्यापकता की शक्ति हमारे आपके जीवन को किस तरह से प्रभावित करते हैं, इसको भी जानना मानव जीवन के

लिए अत्यन्त ही महत्वपूर्ण है। धर्म पुस्तकों के आधार पर तो इनको अपने जीवन में उतारना, आत्मसात करना इनकी परिपूर्णता को अपने मन–मस्तिष्क में समाहित करना जीवन के चरम लक्ष्य को प्राप्त करना होगा। अतः यह एक बहुत ही अहम विषय होगा सम्पूर्ण मानव समाज के लिए कि मानव इस प्रेम की विश्व व्यापकता को कैसे और क्यों ग्रहण करे ?

यहाँ पर हमने क्यों शब्द का प्रयोग इसलिए किया है कि जब तक आप इसके महत्व को पूर्णरूप से जानेंगे नहीं, तब तक आप इसको प्राप्त करने की चेष्टा भी कदापि नहीं करेंगे। अतः जिस दिन आपको प्रेम की विश्व व्यापकता का महत्व ज्ञात हो जायेगा, उस दिन से आप स्वतः इस प्रेम विश्व व्यापकता को पाने के लिए उत्सुक हो जायेंगे। अतः आप इसे गम्भीरता पूर्वक अध्ययन, मनन करने की चेष्टा करें कि यह आपके जीवन से किस तरह से अति महत्वपूर्ण रूप से जुड़ा हुआ है।

सदियों से मुनि, तपस्वी, चिन्तक लोगों ने यह जानने का प्रयास किया है कि मानव किस तरह आनन्द एवं शान्ति को प्राप्त कर सकता है। निरन्तर चिन्तन, मनन के उपरान्त ही वे शान्ति, आनन्द की खोज कर सके हैं। वे सभी यह अच्छी तरह से जान चुके थे कि मानव केवल शाश्वत (वात्सल्य) प्रेम भाव में ही शान्ति एवं आनन्द को प्राप्त कर सकता है। अतः महात्मा लोगों ने प्रेम में लीन होना या प्रेम में रमण करना या प्रेम में डूबने की बात कही है।

मानव मन प्रेम में स्थित न रहने के कारण ही वह सदा दूसरे भाव रस में रमा रहता है। संसार में प्रेम के अलावा जितने भी भाव रस हैं, सभी कुछ न कुछ दूषित रहते ही हैं। सभी भावनाएँ काम, क्रोध, मद, मोह, मत्सर से प्रेरित रहते हैं। अतः मानव स्वाभाविक रूप में इन्हीं भावनाओं में रहने के कारण वह सदा चिन्तित व दुःखी भी रहता है। इन दुःखमय संसार से मुक्त होने के लिए सिर्फ एक ही आश्रय है कि वह अपने मन, मस्तिष्क को प्रेम की तरफ उन्मुख करे। वह प्रेम की ओर ही सदा अग्रसर हो।

हमारा धर्म हमें प्रेम में लीन होना या डूबना व रमण करना इसलिए कहता है कि जब तक हमारा मन इसमें रमण करता रहेगा या डूबा रहेगा तब हमारा मन, मस्तिष्क भी अन्य दूषित भावनाओं से मुक्त रहेगा। अतः मन सदैव प्रेम के साथ रहने के कारण वह शान्ति व आनन्द में भी सदा रहेगा।

प्रेम में लीन होने की बात मैंने पहले भी सही नहीं कहा था। इसे आप साधना की तरह कुछ काल के लिए कर सकते हैं किन्तु इसे जीवन समझने की भूल कदापि न करें।

अधिक काल तक प्रेम में लीन होने के कारण आपके शरीर की क्रियाएँ, देखना, सुनना व बोलना तक भी विनिष्ट हो सकती हैं। फिर आप एक नयी समस्या को जन्म अनायास रूप में देंगे। जो आपके जीवन को और भी अधिक कष्टकारक बना देगी। अतः प्रेम में रमण करना या प्रेम में डूबना ही आप सभी के लिए उचित कदम होगा। प्रेम को पाने के लिए आनन्द, शान्ति की प्राप्ति के लिए आप साधना के रूप में समय–समय पर कुछ काल के लिए प्रेम में ध्यान, लीन एवं साधना भी कर सकते हैं किन्तु सदा के लिए यह हरगिज न करें।

अब आपके पास केवल एक ही रास्ता बचता है कि आपको प्रेम में रमण करना है। वह भी प्रेम में डूबकर चलना है, रमण करना है, जिस तरह से एक मछली पानी में डूबकर अपने समस्त कार्य एवं क्रियाएँ भी करती है, ठीक उसी तरह से मानव को प्रेम में डूबकर अपने कार्य एवं क्रियाओं को भी करना चाहिए।

अब आपको यह चिन्तन मनन करना है कि आपको कितने प्रेम में डूबना है। आप अपने शरीर को तालाब के पानी में या नदी के जल में डूबो सकते हैं किन्तु यही शरीर अगर आप एक बाल्टी पानी के भीतर डूबोना चाहेंगे तो आप कदापि अपने शरीर को डूबो नहीं सकते हैं।

अतः यह निश्चित है कि जिस वस्तु को डूबोना है, उसे वस्तु से अधिक जगह में डूबो सकते हैं। अन्यथा वस्तु पूरी तरह से डूब नहीं सकती है।

मानव का शरीर तो थोड़े से जल या तालाब में डूबोया जा सकता है किन्तु मानव मन को जिसकी लम्बाई आकाश तक है अर्थात् अनन्त तक लम्बी है, उसे भला आप तालाब जैसे स्थानों में कैसे डूबो सकते हैं ? उसके लिए तो अनन्त जैसी जगहों की जरूरत पड़ेगी। मानव मन का आकार इतना बड़ा होता है कि सम्पूर्ण विश्व भर प्रेम में अगर उसे डूबोया जाय तभी वह मन प्रेम में पूरी तरह डूबेगा अन्यथा वह मन प्रेम से बाहर निकल कर अनायास दूषित भावनाओं से ग्रसित हो जायेगा। वह तब निश्चय काम, क्रोध, मोह, मद मत्सर में स्वतः जुड़ जायेगा। फलतः अशान्ति, एवं दुःख में वह अपना जीवन गुजारने को बाध्य होगा। इस तरह से हम देखते हैं कि प्रेम के विश्व व्यापकता के बिना हम

अपने मन को पूरी तरह से डूबो ही नहीं सकते हैं। अपने मन को पूरी तरह से डूबाने के लिए एकमात्र प्रेम की विश्व व्यापकता ही होगा। इसके बिना हमारा, मन, मस्तिष्क प्रेम में सम्पूर्ण रूप से डूब ही नहीं सकता। जब हमारा मन, मस्तिष्क प्रेम में पूरी तरह से सदैव डूबा रहेगा। तब धीरे–धीरे हमारा तन भी उसी में ढलेगा एवं ऐसी ही शक्ल, आकृति शरीर को भी प्राप्त करेगा।

अतः प्रेम में डूबना, प्रेम की विश्व व्यापकता ही एकमात्र विकल्प होगा, दूसरा कोई रास्ता है ही नहीं कि हम सभी अपने मन को उसी में डूबोकर रमण कर सके।

अतः हम सभी का मन 'परिपूर्ण विश्व प्रेम' में एकमात्र डूब सकता है। इस तरह परिपूर्ण विश्व प्रेम को आत्मसात करना ही मानव जीवन का परम लक्ष्य है। इसी प्रेम में ही डूबकर हम सभी दूषित विकारों से पूर्णतया मुक्त हो सकते हैं।

अब हम सभी को यह भी विचार करना चाहिए कि हमारा मन किस तरह से ऐसी स्थिति को प्राप्त कर सके। हमारा मन कैसे परिपूर्ण विश्व प्रेम को ग्रहण करके इसमें डूबकर रमण कर सके। यही हमारे जीवन की साधना है। इसी लक्ष्य को प्राप्त करने के लिए ही हम सभी को समस्त उपाय एवं साधनाओं को करना चाहिए।

इस स्थिति को प्राप्ति करने के लिए सर्वोत्तम उपायों में भक्ति, आराधना, ध्यान, वात्सल्यमयी जीवन में नित्य अधिक से अधिक व्यतीत करना। दुर्गुणों से हमेशा दूर रहना, हो सके तो अपने मन को वैराग्य जैसी स्थिति में ही ढालकर गृहस्थ जीवन के सभी कार्यों को करना। जरूरत के मुताबिक धन अर्जन भी करना एवं मानव समाज में दूसरे के लिए भी चिन्तन करना व कार्य सहयोग करना।

यह सभी आपको परिपूर्ण विश्व प्रेम के करीब ले आयेगा। वैराग्य भाव परिपूर्ण विश्व प्रेम भाव को पाने के लिए बहुत ही उत्तम रास्ता है। मानव अनायास ही धीर–धीरे इस प्रेम की ओर उन्मुख होता जाता है।

वैराग्य होने का यह अर्थ नहीं है कि आप घर–गृहस्थी को छोड़कर संन्यास ग्रहण करें। बल्कि आप गृहस्थ में रहकर वैराग्य भाव से जीवन बसर करना संन्यास लेने से कहीं अधिक ही महत्वपूर्ण होगा। वैराग्य भाव एवं गृहस्थ जीवन का वात्सल्य प्रेम रस दोनों ही मिलकर अपको परिपूर्ण विश्व प्रेम की ओर सहज रूप से ले जायेगी।

आप यदि ध्यान, योग भी करें तो सम्पूर्ण विश्व को देखते हुये मन को केवल शान्त करें। शान्त हुये मन से जब आप सम्पूर्ण विश्व के सौन्दर्यता को देखेंगे तो आपको उस विश्व व्यापकता प्रकृति में एक भाव रस का बोध होगा। प्रकृति प्रेम के इस भाव रस को आप अनुभूति करने का प्रयत्न करें। इसी अनुभूति में ही निरन्तन मन को रमण करने दो। यह ध्यान ही निरन्तर करने से आपका धीरे–धीरे स्वभाव भी उसी प्रकृति भाव रस में ढलने लगेगा। कालान्तर में फिर आप ऐसे ही भाव रस में रहने के अभ्यस्त हो जायेंगे।

ध्यान, योग समाधि यह सभी आपको वैरागी बनाने में सहयोगी हैं। इन्हीं को निरन्तर आप अभ्यास से स्वयं को एक बैरागी जैसा बना सकते हैं। एक सच्चा बैरागी ही सचमुच में परिपर्ण विश्व प्रेम को अनायास ही प्राप्त कर लेता है।

अतः आप अधिक से अधिक यह प्रयत्न करते रहें कि आप पूर्ण रूप से एक वैरागी जीवन को पाकर उसी वैरागी जीवन में अपने आपको ढाल लें।

अहिंसा, करुणा भी प्रेम पाने का एक माध्यम व साधना भी है। हमें दूसरों के प्रति भावना करुणा, अहिंसा से युक्त रहना चाहिए। जीवों के प्रति हम सभी को करुणा, दया की भावना विकसित करनी चाहिए। सभी मानव का दूसरे मानव से प्रेम पूर्वक व्यवहार होना चाहिए। दूसरों से वात्सल्य प्रेम के साथ–साथ करुणा की भी भावना रखनी चाहिए।

यह भी मानसिकता हमें परिपूर्ण विश्व प्रेम की ओर उन्मुख करेगी। अतः जहाँ–जहाँ हम सभी को समझ में आयेगा कि ये हमारे मन को विश्व प्रेम की ओर ले जायेगा, उस सभी कार्यों को, उन सभी क्रियाओं को हमें करना चाहिए। निरन्तर प्रयास स्वरूप ही हम सभी परिपूर्ण विश्व प्रेम को प्राप्त कर पायेंगे। और ऐसा कर्म मन से भी हम सभी को सोचना तक नहीं चाहिए जो हमारे मन को दूषित व कलुषित बना दे। क्योंकि ऐसे कर्म ही ये हमारे मन को अशान्ति, दुःख देने वाले होते हैं।

अतः यह भी हमें अच्छी तरह समझ लेना चाहिए कि विश्व के जितने भी धर्म में रीति–रिवाज हैं वह केवल इसी परिपूर्ण विश्व प्रेम को पाने के लिए ही रास्ते हैं। वह सभी विश्व के रीति–रिवाज केवल मानव के एक साधना मात्र हैं। यह धर्म नहीं है बल्कि धर्म वो है कि कैसे हमारा आपका मन परिपूर्ण विश्व प्रेम को प्राप्त कर सके।

परिपूर्ण विश्व प्रेम को प्राप्त किया हुआ मानव` मन मस्तिष्क सामान्य मानव से कहीं बहुत अधिक विकसित हो जाता है। उसका मन भी प्रेम में सदैव रमण करने के कारण सदैव प्रफुल्लित रहता है। वह भी अधिक आनन्दमय के साथ भी। क्योंकि जब मन थोड़े से प्यार में डूबकर वह आनन्दित हो जाता है, तो ये मन प्रेम के विश्व व्यापकता में और अधिक आनन्द की अनुभूति निश्चय स्वाभाविक रूप में करेगा।

मानव मन, मस्तिष्क शरीर का विकास भी मन के आधार पर निर्मित हुआ है। मानव का जैसा मन होता है, उसके आधार या उसी के अनुरूप वह ढलता है। वैसा ही उसका मन, मस्तिष्क व शरीर, शक्ल भी बनता है।

अतः मानव का मन जब एक निश्चित दायरे में सीमित रहकर सोचता व कर्म करता है, जब वह उसी निश्चित सीमित दायरे के अनुसार ही विकास करता है। उसका मन सीमित दायरे में होने के कारण ही उसका मन, बुद्धि का विकास भी सीमित दायरे में ही होगा। वह मानव विशाल अनन्त दायरे में सोच भी नहीं सकता है। अतः उसके मन, मस्तिष्क में वह पौरुष, तेज, प्रेमभाव का विकास नहीं हो पाता है, जो एक परिपूर्ण विश्व प्रेम में रमण करने वाले मानव में विकास होता है।

अतः परिपूर्ण विश्व प्रेम में डूबा हुआ मानव में ही धीरे–धीरे पौरुष, तेज, प्रेमभाव से युक्त चरमोंत्कर्ष तक पहुचने लगता है। ऐसा मानव विकास के चरम सीमा के पावदान पर अपना पैर रखता है। वह विकास के चरम सीमा में पौरुष के साथ–साथ कलाओं से भी युक्त होता है।

इस तरह हम देखते हैं कि बिना विश्व प्रेम के हम अपने विकास को गति प्रदान नहीं कर सकते हैं। एक तालाब के मेढक की भाँति ही अपने सीमित दायरे में रहकर सिर्फ अहंकार वश, टर्र–टर्र की आवाज देते रह जायेंगे।

अतः जीवन में अगर मानव समाज अपने व्यक्तित्व के चरम विकास को चाहता है तो उसे इस रास्ते पर चलना ही पड़ेगा। विश्व प्रेम को बिना स्वीकार किये, आप में आपका चरम विकास कदापि नहीं हो सकता।

आपको अपने ही स्वार्थ के लिए एवं अपने ही रहने लायक माहौल बनाने के लिए परिपूर्ण विश्व प्रेम की ओर अग्रसर होना ही पड़ेगा।

विश्व के प्रत्येक धर्म में निराकार ईश्वर की पूजा का विधान है। कहीं–कहीं इन्हें बड़े ही उत्सव के साथ मानते हैं, किन्तु कहीं पर निराकार को लोग स्वीकार नहीं कर पाते हैं।

भारतवर्ष में भी लोग जितना अधिक साकार ईश्वर को मानते हुए उत्सव मनाते है, इतना वे ओम को लेकर नहीं मनाते हैं। जबकि मुसलमान लोग इस निराकार ईश्वर अल्लाह को बड़े ही उत्साह के साथ मनाते हैं। इनके आराधना के लिए स्थान भी मस्जिद बनाकर निश्चित किया है जो अन्य धर्म के लोगों ने ऐसा नहीं किया है। जबकि प्रत्येक धर्म पुस्तक में भी निराकार ईश्वर, गॉड, ओम का एक विशेष महत्व है। जो कि किसी साकार ईश्वर से कम नहीं है।

हम सभी लोगों को ईश्वर के इस निराकार स्वरूप के महत्व को समझना होगा एवं मानव समाज में भी इसे जमीन पर उतारना होगा। साथ ही साथ इन्हें भी उतना ही महत्व देना होगा जितना हम आप सभी साकार ईश्वर को महत्व देते आये हैं। तभी हम सभी एक सच्ची दिशा की ओर बढ़ते हुये आपस में मतभेद को भुला पायेंगे।

साकार ईश्वर –

सम्पूर्ण विश्व में प्रत्येक धर्म पुस्तक में साकार ईश्वर का भी उतना ही महत्व दर्शाया गया है, जितना निराकार ईश्वर को दर्शाया गया है। किन्तु उसे जमीन पर एक रचनात्मक स्वरूप सभी ने नहीं दिया है। फलतः समाज में एक भ्रम की स्थिति पैदा हुयी है। जिसके फलस्वरूप साकार ईश्वर को सभी लोगों ने स्वीकार नहीं किया। समाज में कोई इन्हें मानता है, स्वीकार करता है, तो कोई नहीं मानता, इसे स्वीकार नहीं करता। फलतः आपस में धर्म को या साकार पूजा को लेकर एक मतभेद का वातावरण बना।

लोग अगर अपने ही धर्म पुस्तक का बाकायदा अध्ययन करें तो उसे स्वतः ज्ञात हो जायेगा कि उनका ही धर्म साकार ईश्वर को मानने के लिए स्वीकार कर रहा है।

आप कुरान धर्म पुस्तक में भी यही पायेंगे कि अल्लाह की तरफ से आदम को पूजने की बात कही गयी है। जिसमें अल्लाह ने अपना पूर्ण नूर भर दिया है। उन्होंने स्पष्ट शब्दों कहा भी है कि यह मानव मेरे समान ही महान एवं पूजनीय है, क्योंकि इसमें मैंने अपना पूर्ण नूर भर दिया है। अजगर के न मानने पर अजगर को स्वर्ग से धरती पर ढकेल

दिया गया है। अतः आप स्वयं निश्चित करें कि उस आदम को न मानने या न पूजने पर आप धरती से स्वर्ग जाने की कल्पना कैसे कर सकते हैं ? अतः यह निश्चय है कि कुरान धर्म पुस्तक भी साकार ईश्वर को मान्यता देता है किन्तु हम लोग हैं कि उन पुस्तकों के धार्मिक तथ्यों को न समझते हुए गलत रास्ते को चुना है।

आज जरूरत है उन गलत रास्तों को सुधारने के लिए एक सही दिशा को अपनाने के लिए हम सभी को कदम से कदम मिलाकर चलना है। तभी हम अपने जीवन के विकास के लिए सच्चे कदम की ओर बढ़ेंगे, साथ ही साथ विश्व में मतभेद को भी मिटाकर सुख–शान्ति को स्थापित कर पायेंगे।

आइये हम सभी इस बात का भी शोध करें कि साकार ईश्वर का सम्पूर्ण मानव समाज में क्या अहमियत रखता है।

विश्व के कण–कण में एवं प्रत्येक जीव के साथ सम्पूर्ण मानव जीवन में भी अल्लाह निरन्तर अपना नूर या प्रेम बरसा रहा है। वह अपना नूर बरसाना एक क्षण के लिए भी बन्द नहीं करता। लगातार एक जैसा ही समान भाव से वह अपना नूर बरसा रहा है। फिर भी इस जगत में किसी ने उस नूर को अधिक से अधिक आत्मसात किया है। किसी ने कम और किसी ने तो बहुत ही कम, ना के बराबर नूर अपनाया है। इस तरह के भिन्न–भिन्न प्रकृति के जीव मानव इस धरती पर पैदा हुये। मानव–मानव में युद्ध, लड़ाई, जीव–जन्तुओं में हर वक्त आपस में एक–दूसरे से लड़ाई एक दूसरे का भक्षण करना उनके अन्दर नूर की बिल्कुल ही कमी के कारण हुआ है। अल्लाह के नूर बरसाने के बाद भी वह उस नूर को न ग्रहण किया, न ही ग्रहण कर सकते हैं। इनका स्वभाव भी एक राक्षसी स्वभाव में बन चुका था। अल्लाह भी असमर्थ था कि उन्हें अपना नूर जबरन दे के। उन्हें सही रास्ते में लाने के लिए कोई भी उपाय ही नहीं था। अल्लाह बिल्कुल असमर्थ था, वह केवल नूर को बरसा सकता है।

ऐसी अंधकार की अवस्था में जबकि इन जीव–जन्तुओं एवं मानव का स्वभाव दिनो–दिन और अधिक ही राक्षसी प्रवृत्ति की ओर बढ़ता जा रहा था, सम्पूर्ण मानव समाज ही चिन्ताग्रस्त था, इससे उबरने के लिए कोई रास्ता ही नहीं था। कौन रास्ता दिखायेगा ? कौन इस दुःख भरे दुनिया से उसे उबारेगा ? बहुत ही दयनीय अवस्था थी। अल्लाह बिल्कुल ही लाचार था। ऐसे में साकार ईश्वर ने ही आकर सम्पूर्ण मानव जगत को यहाँ की जीव–जन्तुओं को भी सहारा दिया, रास्ता

दिखलाया। रास्ता ही नहीं दिखलाया वरन् हमारे हाथों को पकड़कर उस तरफ ले गया जहाँ अल्लाह कां नूर घनघोर रूप में बरस रहा था। नूर को लेने के लिए हमेशा वो हमारी सहायता करता गया है। कभी भी हम सभी को वह अकेला नहीं छोड़ा है। प्रत्येक समय, प्रत्येक काल में वह हम सबके बीच में रहकर हमारे प्रेम संवेदना को पुष्ट करता रहा है।

अब आप ही बताइये ऐसे परिपूर्ण विश्व प्रेम को प्राप्त कर मानव अगर हम सभी को उसी ओर ले जाना चाहे एवं ले जा रहा हो तो आप उसे मानने से कैसे इनकार कर सकते हैं ? जबकि आपके सामने कोई रास्ता ही न हो। अपने दुःख भरे जीवन से छुटकारा पाने के लिए। एक मात्र यही साकार ईश्वर ही हम सभी के बीच में है। जिसके कारण ही हम सभी जो पशुवत बन चुके हैं, उससे छुटकारा प्राप्त करके मानवीय गुणों, दैवीय एवं ईश्वरी गुणों को प्राप्त करते जा रहे हैं। हम सभी प्राणियों को इसका दिल से कृतज्ञ रहना चाहिए। साथ ही साथ निराकार ईश्वर की तरह साकार ईश्वर को भी अपने दिल में जगह देकर पूजनीय बनाना चाहिए।

साकार ईश्वर को हम लोग मूर्ति के रूप में निर्मित करके उसे मन्दिर में स्थापित करके पूजा व अर्चना करते हैं।

मूर्ति दो शब्द से बना हैं। मूर्त एवं ई मिलकर ही यह शब्द बना है। अर्थात् ऐसा रूप जो परिपूर्ण विश्व प्रेम से युक्त हो। अतः परिपूर्ण विश्व प्रेम से युक्त रूप को ही मूर्ति कहा गया है। विश्व में तो अनेक रूप, शक्ल के मानव दिखायी पड़ते हैं किन्तु उनका रूप अगर मूर्त के रूप बनायी जाती है तो वह मूर्त मूर्ति नहीं कहलाती है। केवल मानव की ऐसी मूर्त ही मूर्ति कहलायी जायेगी, जो परिपूर्ण विश्व प्रेम से युक्त हो, या सदृश्य हो। ऐसी मूर्ति ही केवल मन्दिर में स्थापित किया जाता है। मन्दिर का अर्थ है ऐसा मन जो परिपूर्ण विश्व प्रेम से युक्त हो, उसका स्थान, उसका दर–ठिकाना, रहने के स्थान को ही मन्दिर कहकर आदर व पूजा अर्चना की जाती है। यहाँ पर मन ई एवं दर से बना 'मन्दिर शब्द'। जिसे देखने मात्र से यह हमारे मन में भी भक्ति, प्रेम भावना को जन्म देता है।

निरन्तर उनका दर्शन, पूजा–अर्चना करने से भी हम सभी मानव का जीवन भी उसी परिपूर्ण विश्व प्रेम की ओर उन्मुख होता है। विश्व के सभी मानव को चाहिए की हम सभी को ऐसे मानव की मूर्ति को

स्थापित करके उसकी पूजा–अर्चना करें। उनका परिपूर्ण विश्व प्रेम भाव से युक्त मुखाकृति हमें उसी ओर ले जाने में सहायक होंगी।

पहले तो मूर्ति पूजा रचनात्मक रूप में नहीं थी। साकार ईश्वर पूजा एक लिंग के रूप में मनायी जाती थी एवं आज भी मनायी जाती है, जिसे शिव लिंग कहा गया है। शिव का अर्थ भी ऐसे मानव से ही है जो परिपूर्ण विश्व प्रेम से युक्त है किन्तु यहाँ लिंग के कारण यह कोई व्यक्ति न होकर विश्व में समस्त शिव की पूजा व अर्चना के लिए लिंग शब्द का प्रयोग किया गया है। लिंग का अर्थ प्रकार से होता है। अतः शिव लिंग की पूजा हो पर विश्व में समस्त शिव की पूजा हो जाती है। परिपूर्ण विश्व प्रेम में डूबा समस्त मानव को शिव लिंग के रूप पूजा व अर्चन की जाती है।

हम अगर मन्दिर में किसी एक मूर्ति की पूजा करते हैं तो इसका यह भी संकेत होता है कि हम अन्य साकार ईश्वरी मानव का उपेक्षा करते हैं। यह उपेक्षा भाव भले ही हम सभी अनजाने में ही करें। अतः मन्दिर में किसी एक मूर्ति की पूजा करने के पहले या बाद में हम सभी को ऐसे समस्त ईश्वरी मानव की पूजा करनी चाहिए जो परिपूर्ण विश्व प्रेम में डूबे हुये हैं। इससे उनकी अनजाने में उपेक्षा नहीं होगी। पूजा तब मूर्ति को उचित एवं सार्थक माना जायेगा।

हम सभी यह अच्छी तरह से याद रखें कि मन्दिर में मूर्ति पूजा होती है किन्तु शिवालय में शिव लिंग को मूर्ति नही कहा जाता है। वह एक लिंग है, वह भी शिव लिंग। विश्व या सम्पूर्ण बह्माण्ड में समस्त मानव समुदाय का एक लिंग स्वरूप प्रतीक चिह्न जिसका अर्थ है कि ऐसे मानव का समुदाय जो परिपूर्ण विश्व प्रेम में डूबे हुये हैं। इस तरह से यह साकार ईश्वर के पूजा–अर्चना के साथ ही हम सभी को यह भी अच्छी तरह जान लेना चाहिए कि किस तरह से पूजा–अर्चना सभी लोगों को करना है। अन्यथा आप भी इस पूजा–अर्चना में भी दोष युक्त पाये जायेंगे।

आप अपने पूजा–अर्चना में ऐसा अवश्व करें कि आपका पूजा पूर्णतया दोषमुक्त रहें।

एक दोषमुक्त पूजा भी हमारे आपस में धार्मिक मतभेद को समाप्त करेगा और अगर हम ऐसा नहीं करते हैं तो आप साकार ईश्वर पूजा में भी मोह के शिकार हो जायेंगे, जो आपके लिए मानव समाज के लिए

भी ठीक नहीं है। हम सभी को किसी भी प्रकार के प्रेम में मोह से मुक्त रहने का प्रयत्न सदैव करना चाहिए।

केवल एक मूर्ति की पूजा करना मोह को बढ़ावा देना तो है ही, साथ ही साथ यह सत्य को भी अनदेखा करता है। क्योंकि इस सम्पूर्ण विश्व में केवल एक ही परिपूर्ण विश्व प्रेम में डूबा हुआ मानव नहीं है बल्कि अनेक संख्या में ऐसे मानव सम्पूर्ण विश्व में हुए हैं। अतः इन सभी का यह अधिकार क्षेत्र है कि आप इन सभी को साकार ईश्वर के रूप में आदर दें, सम्मान दें, पूजा करें, किसी एक मानव मात्र को नहीं। अतः एक मूर्ति की अगर आप केवल पूजा भी करें तो निश्चय साथ ही साथ में बाद में या पहले उन सभी साकार ईश्वर की भी पूजा करें।

अतः साकार पूजा में शिव लिंग की पूजा करना सर्वोत्तम पूजा कही जायेगी। फिर भी आप किसी एक मूर्ति को पूजा करके अपने प्रेम भाव रस को प्रोत्साहित कर सकते हैं। इस तरह से हम पाते हैं कि ईश्वर का दोनों रूप हमारे जीवन की पूर्णता के लिए निरन्तर से ही प्रयासरत है। यह तथ्य हम सभी को स्वेच्छापूर्वक, समझदारी से स्वीकार करना चाहिए। जिससे आपके साथ–साथ मानव समाज भी सुख शान्ति से निवास कर सकें।

हम उपरोक्त बातों को केवल एक वैदिक धर्म के लिए ही नहीं कह रहे है, वरन विश्व के समस्त धर्म वह बौद्ध धर्म हो या ईसाई धर्म हो या कोई अन्य धर्म क्यों न हो, हम जिस तरह से पूजा अर्चना की चर्चा कर रहें हैं वह एक सच्चाई तो है ही साथ ही साथ पूर्णतया एक मनोवैज्ञानिक एवं सामाजिक तथ्य है। हम अगर धर्म के लोग ही धर्म के सच्चे राह पर नहीं चलेंगे तो हम धार्मिक लोग दूसरे लोगों से कैसे उम्मीद कर सकते हैं ?

धर्म का अर्थ भी तो यही होता है कि परिपूर्ण विश्व प्रेम में रमण करना।

धर्म भी दो शब्द से बना है। ध एवं रम मिलकर ही धर्म शब्द बना है।

इस तरह हम सभी लोग इन सभी जानकारी के बाद यह अवश्य ही निष्कर्ष निकालते हैं कि सम्पूर्ण विश्व के प्रत्येक धर्म में ईश्वर के दोनों रूपों की पूजा–आराधना करना सर्वदा उचित है।

ईश्वर से प्रेम करना, वह निराकार रूप में या साकार रूप में हो, दोनों ही परिस्थिति में मनुष्य आनन्द को प्राप्त करता है। ऐसे निराकार प्रेम को प्राप्त करना तो कठिन है ही, साकार ईश्वरी प्रेम को पाना उससे से कहीं और अधिक कठिन है। साकार प्रेम दरअसल में निराकार ईश्वर प्रेम से एक कदम आगे का प्रेम है। साकार ईश्वर से प्रेम करना। हम यह भी कह सकते हैं कि हम निराकार ईश्वर प्रेम के अनुभूति के बाद ही साकार ईश्वर प्रेम का आत्मसात कर सकते हैं। बिना निराकार परिपूर्ण विश्व प्रेम के अनुभूति के आप ईश्वर के साकार प्रेम भाव रस को प्राप्त नहीं कर सकते हैं।

एक परिपूर्ण विश्व प्रेम में डूबा मानव से प्रेम करने के लिए कई रिश्तों में आप उनसे प्रेम कर सकते हैं। भाई, बहन, बन्धु, माँ, पुत्र या एक भक्त रूप में आप उनसे सहज ही रूप में प्रेम कर सकते हैं, किन्तु प्रिय या प्रिया के रूप में ईश्वर से प्रेम करने के लिए आपको भी उन्हीं की भाँति परिपूर्ण विश्व प्रेम में डूबना होगा। सच्चे रूप में दो परिपूर्ण विश्व प्रेम में डूबे मानव भी आपस में प्रिय व प्रिया के रूप में प्रेम करते हुये रमण कर सकता है।

दोनों का एक ही भाव रस डूबना निरन्तर एक ही परिस्थिति में रहना दोनों का स्वभाव रूप भी धीरे–धीरे एक जैसा ही हो जाता है। ऐसा देखने से दोनों ही नारी जैसा ही दिखने लगते हैं। प्रेम में मानव नारित्व भाव का रसास्वादन करता है। अतः निरन्तर शान्तिमय वातावरण, परिस्थति में ऐसे ही भाव में निरन्तर रमण करने के कारण दोनों अति सुन्दर नारित्व रूप को प्राप्त करते हैं। अतः यह सत्य ही कहा गया है कि जहाँ पर नारी को पूजा जाता है, वहीं पर देवता निवास करते हैं। इस विषय पर अगर एक मनोवैज्ञानिक स्तर पर विचार भी किया जाये तो यही निष्कर्ष निकलेगा कि प्रेम में दोनों का रूप एक जैसा ही नारी रूप में ढलता जाता है। हम नारित्व भाव से ही नारित्व का रसास्वादन कर सकते हैं। सिर्फ पौरुष भाव से नारित्व भाव का सही रूप में रसास्वादन करना अमनोवैज्ञानिक तथ्य है।

पुराणों में देवी कथा के अनुसार जब ब्रह्मा, विष्णु, महेश को आकाशवाणी द्वारा यह आदेश दिया गया था कि सभी मन की गति से तेज चलने वाली उड़न जहाज पर बैठ जायें। तदन्तर विश्व के सभी लोगों को देखने के पश्चात् ही अन्त में जब वे सभी गोलोक में पहुँचे थे, उस समय अनायास ही तीनों नारी स्वरूप को प्राप्त हुये थे। साथ

ही साथ उस स्थान पर सभी लोगों को प्रायः नारी स्वरूप में ही देखा था। सभी एक–दूसरे से प्रेम पूर्वक व्यवहार में आनन्दित थे।

इस तरह यह कथा से भी यही संकेत करता है कि मानव एक–दूसरे से प्रेम में निरन्तर डूबे रहने के कारण वे दोनों ही नारी स्वरूप को ही प्राप्त करेंगे। दोनों एक–दूसरे में रमण होने के कारण ही एक ही स्वरूप को प्राप्त होंगे। वह स्वरूप ही नारी स्वरूप जैसा ही होगा।

यह सत्य ही कहा गया है कि जिस पुरुष में नारीत्व गुण आ जाता है, वह पुरुष देव तुल्य हो जाता है और जिस नारी में पुरुष का गुण आ जाता है, वह नारी राक्षसी कहलाती है। अतः यह प्रत्येक दृष्टि से स्पष्ट होता है कि नारीत्व रूप से ईश्वर का रूप है, इसी रूप को हम सभी को आत्मसात् करना है। इसी रूप में हम सभी को आनन्दित रहना है, डूबना है एवं पाना भी है।

सम्पूर्ण जीव जगत से प्रेम करना –

ईश्वर के दोनों रूपों को समझने के बाद मानव को यह सहज समझ में आ जाता है कि आनन्द एवं शान्ति ईश्वर के दोनों रूपों में है। दोनों को प्राप्त करने में ही आनन्द एवं शान्ति को हम सभी पा सकते हैं, इसके सिवाय दूसरा रास्ता है ही नहीं। अतः एक स्वर में हम सभी कह सकते हैं कि "ईश्वर आनन्द एवं शान्ति का आधार है" किन्तु इन्हें प्राप्त करने के बाद भी हमें यह भी सोचना पड़ेगा कि हम जिस माहौल में रहते हैं, क्या उस माहौल में हम जीवन बसर कर सकते हैं ? क्या यह माहौल हमारे जीवन को प्रभावित नहीं करेगा ? कहीं ऐसा तो नहीं कि यह हमारे जीवन को बदलने की चेष्टा करे या हमें किसी न किसी रास्ते से दुःख और तकलीफ दे। अतः आपको यह सोचना ही पड़ेगा कि आप का माहौल भी आपके जीवन स्तर के माफिक हो। आपके जीवन में वे माहौल सहायक ही बने, न कि एक बाधक के रूप में खड़े हो। अगर ऐसा माहौल नहीं है तो निश्चय है कि आप ऐसा माहौल नहीं चाहेंगे, फिर तो इस स्थिति को ही बदलना होगा या कोई इसे बदले या सम्मिलित रूप से इसे बदले या आप स्वयं इस माहौल को बदलने की चेष्टा करें। कोई न कोई तो चेष्टा तो अवश्य ही करेगा। तभी यह आपके प्रेममय जीवन के अनुरूप ही इस समाज के माहौल को बनाया जा सकता है अन्यथा हम सभी लोग जीवन के सच्चे रूप को पाकर भी दुःखी एवं निराश रहेंगे। अतः हम सभी का यह प्रयास अति अनिवार्य रूप से बनता है कि इस मानव समाज के माहौल को भी हम लोग

ईश्वर के अनुरूप में माहौल को बनायें। तभी हम सभी सच्चे रूप में सुखी एवं आनन्दित, शान्ति में जीवन बसर कर सकते हैं।

इस तरह से यह सिद्ध होता है कि यह प्रत्येक मानव का दायित्व, कर्त्तव्य बनता है कि वह मानव समाज के माहौल को ईश्वरी मानव समाज के लायक बनाये या बनाने की चेष्टा करें। इस तरह की चेष्टा के पीछे आपके मन में मानव समाज के प्रति प्रेम का होना नितान्त जरूरी है। उनके प्रति आपके अन्दर प्रेम होने पर ही आप यह चेष्टा एक सहज रूप में कर सकते हैं, अन्यथा आपके अन्दर चेष्टा की भावना सिर्फ एक दिखावा मात्र बन जायेगा और आप शीघ्र ही थककर बैठ जायेंगे।

इसलिए पूर्वजों ने एक धर्म के माध्यम से कहा कि प्रत्येक मानव को प्रत्येक मानव से प्रेम करना चाहिए। उनका ऐसा कहना एक और भी कारण था। जब मनुष्य केवल अपने में ही आनन्दित रहेगा। अपने रिश्ते में ही रहकर खुश रहेगा। अपना एवं अपने रिश्तों के अलावा दूसरे के कष्ट या उससे प्रेम व्यवहार नहीं रखेगा तब वह व्यक्ति का स्वभाव भी एक स्वार्थ से युक्त की तरह बन जायेगा। वह अपने में अर्थात मोह में ही रहकर जीवन बसर करेगा। वह इस मोह से बाहर निकलकर विश्व व्यापकता में नहीं प्रवेश कर पायेगा। अतः ऐसे सभी मानव जो अभी विश्व व्यापकता से बाहर हैं वे इस ओर अग्रसर भी नहीं हुये हैं। उन सभी मानवों को इस रास्ते से विश्व प्रेम की ओर अग्रसर होने का लाभ मिलेगा। इसलिए यह भी कहा जाता है कि प्रत्येक मानव से प्रेम करने पर हमारे अन्दर का मोह भाव समाप्त होता है। अतः हम मोह का त्याग कर मोक्ष की ओर स्वतः अग्रसर होने लगते हैं। इस तरह हम देखेत हैं कि दूसरा यह दर्शन मानव का मानव से प्रेम करना भी एक मनोवैज्ञानिक एवं सामाजिक आवश्यकता है।

आइये हम इस दर्शन को समझें कि यह विश्व के प्रत्येक धर्म में किस तरह से स्थित है ? किस तरह से लोगों को समझाया गया है। मानव एक–दूसरे मानव या जीवों से किस तरह से प्रेम सम्बन्ध रखे।

हिन्दू पूर्वजों ने धर्म के माध्यम से जो ईश्वर के महत्व के बारे में परिचर्चा किया है वह केवल ईश्वर के दो रूप ओम एवं शिव के रूप में किया है। इस प्रथम दर्शन के बाद दूसरा दर्शन आता है।

विष्णु और विष्णु का विराट स्वरूप एवं माँ गंगा –

यह तीनों विष्णु और विष्णु का विराट स्वरूप एवं माँ गंगा मानव का मानव से प्रेम एवं प्रति जीवों से प्रेम को दर्शाता है। इनका ईश्वर दर्शन से भिन्न दर्शन है। हम यहाँ पर तीनों दार्शनिक शब्दों के भावार्थ को अवश्य समझायेंगे।

विष्णु –

सम्पूर्ण विश्व को एक ईकाई अर्थात एक अणु मानकर चलने वाला मानव ही विष्णु कहलाता है।

यहाँ पर विष्णु जिस शब्द से प्रयोग किया जाता है वह शब्द एक देश, प्रान्त, जाति, भाषा, के अन्तर्गत नहीं आता है। यह शब्द इनके बाहर का शब्द है। यह सम्पूर्ण विश्व को ही बाँधता है। सम्पूर्ण विश्व मानव एवं जीव संसार को बाँधकर ही एक अणु सदृश्य ही देखता है। ऐसी भावना प्रेम सम्बन्ध रखने वाले विश्व के प्रति मानव को विष्णु कहकर उसे भगवान का स्थान दिया गया है।

भगवान का अर्थ होता है संसार को चलाने वाला मानव। संसार के प्रति ऐसी प्रेम भावना रखने वाला मानव ही संसार को चला सकता है। इस सम्पूर्ण जगत में तरह–तरह के मानव प्रवृत्ति के लोग रहते हैं, सभी का स्वभाव, सभी की मनोस्थिति, सभी मानव की समस्याओं को हम तभी अच्छी से समझ सकते हैं या समझने का प्रयत्न कर सकते हैं। जब हम उन सभी मानव से निःस्वार्थ भाव से सम्बन्ध रखते हैं। हम जब संसार से प्रेम करेंगे, संसार के लोगों से प्रेम करेंगे, तब ही हम उनकी समस्याओं के बारे में चिन्तन करेंगे। तभी हम यह भी सोचेंगे कि वे सभी कैसे सुखी हों ? कैसे शान्ति एवं विकास को पा सकें ?

हम जब किसी से प्यार या प्रेम करते हैं तो उसके सुख–शान्ति के लिए भी चिन्तन व कर्म करते हैं। अतः विष्णु भी सम्पूर्ण मानव समाज से प्रेम करने के कारण ही सम्पूर्ण मानव जाति के लिए चिन्तन एवं कर्म करते हैं। उनका ज्ञान चिन्तन–मनन भी सम्पूर्ण विश्व के लिए ही होता है। जब तक हम विश्व के समस्त मानव प्रकृति को जान नहीं लेते, समझ नहीं लेते तब तक हम उन सभी का पालन या देखभाव सही ढंग से नहीं कर सकते हैं। संसार के प्रत्येक मानव प्रकृति को जानने के लिए भी मानव में उन सभी मानव के प्रति प्रेम भावना होना अति आवश्यक है। विश्व के प्रति प्रेम भावना रखना ही उन्हें कालान्तर में

एक योग्य विश्व के पालनकर्ता के रूप में बना देता है। सारे गुणों की सृष्टि जो एक विश्व के पालनहार में होनी चाहिए, वह विश्व से प्रेम करने के बीज में निहित था। उस बीज प्रेम के बीच से ही धीरे–धीरे इन गुणों की प्रकृति की सृष्टि होने लगती है। कालान्तर में यही बीज ही विकसित होकर एक विश्व पालनहार के रूप में विष्णु का उद्‌भव होता है।

यही विष्णु ने सम्पूर्ण मानव समाज को उनके शरण में आने को कहा है। उनके शरण का अर्थ होता है कि उनके विचारों का अनुसरण करने को कहा है। उनके इन्हीं दर्शन का ही अर्थ होता है कि सम्पूर्ण मानव समाज के प्रत्येक मानव सम्पूर्ण मानव समाज से प्रेम करें। यह प्रेम वात्सल्य रूप में हो सकता है एवं करुणा, दया की भावना से भी प्रेम कर सकते हैं।

अपनी ही बातों को स्पष्ट एवं सुन्दर ढंग से समझाने के लिए उन्होंने अपना विष्णु के विराट रूप को दिखाया या समझाया है।

भगवत गीता में भगवान कृष्ण ने अर्जुन से कहा – देखो मेरा विराट स्वरूप और कहा कि अगर तुम भी मेरे शरण में नहीं आओगे तो तुम्हारी भी गति अन्य लोगों की भाँति ही होगी। दयनीय, कष्टप्रद मृत्यु जैसी समस्याओं से हमेशा जुड़े रहोगे।

विष्णु का विराट स्वरूप –

प्रत्येक जीव–मानव में ब्रह्मशक्ति होती है। उसी को अहं भी शक्ति के रूप में कहा गया है। इसी अहं के विराट को ही विष्णु का विराट स्वरूप कहा गया है। अर्थात् सम्पूर्ण विश्व में समस्त अहं का एक समुदाय का प्रतीक विष्णु का विराट स्वरूप हुआ। इस स्वरूप में सम्पूर्ण मानव जगत को दिखलाया गया है। साथ ही साथ ब्रह्मा, विष्णु, महेश को भी दिखलाया गया है। इस प्रतीक में राक्षस, मानव, देवता, ईश्वर, भगवान सभी हैं। सभी को प्रेम करना ही विष्णु के विराट स्वरूप को प्रेम करना है। सभी को मिलजुल कर ही सम्पूर्ण विश्व को संचालन करना है, प्रेम भी करना है। उसका प्रेमपूर्वक देखभाल भी करना है। यही है इनके शरण में आने का उद्देश्य अर्थात तात्पर्य है। बैकुण्ठ धाम, गोलोक में सर्वप्रथम विष्णु का विराट स्वरूप बना। फिर उनके पाँव से ही माँ गंगा की उत्पत्ति हुयी।

माँ गंगा –

पाँव से उत्पत्ति होने का अर्थ प्रेम करने से है। विष्णु के विराट स्वरूप से प्रेम करना, प्रतीक के रूप में माँ गंगा कहा गया है। माँ गंगा विष्णु के विराट स्वरूप से प्रेम करने का प्रतीक चिह्न है, यह हमें याद रखना चाहिए कि सम्पूर्ण विश्व में विष्णु के विराट स्वरूप की पूजा नहीं होती है किन्तु उनको प्रेम करने की भावना की पूजा–अर्चना अवश्य होती है। अतः उनसे प्रेम करने की भावना का प्रतीक माँ गंगा की पूजा–अर्चना की जाती है। माँ गंगा का अर्थ सम्पूर्ण जगत के प्रत्येक मानव से प्रेम, सम्पूर्ण मानव से प्रेम करना ही माँ गंगा का संकेत है, माँ गंगा का यही दर्शन दर्शाता है।

यह माँ गंगा बैकुण्ठ, गोलोक धाम में ही सर्वप्रथम उत्पत्ति हुयी हैं। वहाँ से इन्हें ब्रह्म लोक में लाया गया है। तत्पश्चात् माँ गंगा को स्वर्ग में उतारा गया है।

कहा गया है कि स्वर्ग में पहले बहुत ही अशान्ति थी, देवता एवं राक्षसों में सदैव युद्ध हुआ करते थे। विष्णु, शिव एवं अन्य सभी देवताओं के प्रयास स्वरूप भी स्वर्ग में युद्ध, अशान्ति समाप्त नहीं हुआ था। निरन्तर सभी देवताओं, ईश्वर भी प्रयासरत थे। फिर भी स्वर्ग में सदैव शान्ति की स्थापना करना बहुत ही मुश्किल था। लोग सभी तरह से सुख सुविधाओं से युक्त होने के बावजूद भी अशान्ति एवं दुःखी थे। कब, क्या हो जायेगा ? किसी को भी ज्ञात नहीं था। सदैव सभी शंका में थे। देवता, ईश्वर, विष्णु भी जब निराश हो गये तब माँ गंगा को स्वर्ग में उतारा गया। जब स्वर्ग गोलोक धाम से माँ गंगा को उतारा गया, इसके बाद ही माँ गंगा से प्रभावित होकर ही स्वर्ग के सभी लोग शान्त हुये थे। धीरे–धीरे इनके दर्शन ही या इनके विचार ही स्वर्ग के सभी लोगों को प्रभावित करता गया है। इस तरह इस विचार के कारण ही अन्त में पूर्णरूप से मानव अपने आस–पास माहौल को शान्त कर सका है।

अर्थात् अपने माहौल में भी पूर्ण रूप से शान्ति स्थापित करने के लिए भी इन्हीं माँ गंगा के दर्शन या विचार को लाना होगा। भले ही यह विचार का रूप कुछ अलग तरह से हो।

इस तरह से हम सभी यह समझ सकते हैं कि सम्पूर्ण जगत् में विश्व प्रेम को स्थापित करना जो माँ गंगा का ही प्रतीक है, अत्यन्त ही आवश्यक है। बिना विश्व प्रेम के स्थापना से हमारा यह विश्व का

माहौल कभी भी शान्तमय रूप में नहीं बन सका है। अतः हम सभी को यह निश्चय तौर से समझ लेना चाहिए कि एकमात्र केवल विश्व प्रेम ही है, जिसको इस धरती पर स्थापित करके हम सम्पूर्ण विश्व में शान्ति स्थापित कर सकते हैं।

माँ गंगा पहले आकाशीय गंगा के रूप में ही थी, इसलिए गंगा के ऊपर चन्द्रमा बनाया गया है एवं गगन से इसे युक्त किया है। इस तरह से सम्पूर्ण जगत को चन्द्र भाव से बाँधने की बात की ओर दर्शाता है। यहाँ पर भी चन्द्रमा तृतीया के चाँद की तरह होने के कारण सम्पूर्ण जगत को प्रेम में बाँधना ही होगा। इस तरह से यह पहले आकाशीय गंगा के रूप में थी। इसे बाद में जल के रूप में दर्शाया गया है एवं धरती पर भी इन्हें उतारा गया है। शिव ने इन्हें सिर पर धारण किया था। गंगा वास्तव में एक विचार दर्शन है। धरती पर जिसे धारण करने वालों में सर्वप्रथम शिव ही थे। इस विचार को सर्वप्रथम धरती पर शिव ने ग्रहण किया है। तत्पश्चात् अपने वक्तव्य या लेखनी से उन्होंने धरती पर इसे उतारा है। जल के रूप में ही इन्हें दर्शाकर अपने विचारों को प्रचारित किया है। उन्होंने ही कहा है कि माँ गंगा नदी में जो भी मानव डुबकी लगायेगा, वो मोक्ष को प्राप्त करेगा। एकमात्र माँ गंगा ही मोक्ष दायिनी हैं। इन्हीं के आधार पर ही मानव को मोक्ष प्राप्ति होगा। दूसरा कोई आधार ही नहीं है।

इस तरह से शिव ने भी जो ईश्वर दर्शन के रूप में सदैव आगे बढ़कर काम किया है, उन्होंने ही इस दर्शन का मानव से मानव के प्रेम का, पूर्ण रूप से समर्थन किया है एवं प्रोत्साहित भी किया है।

माँ गंगा के विचार दर्शन के अनुसार हम सभी को केवल गंगा में डुबकी लगाने से पूर्ण रूप में लाभ नहीं होगा। इसके लिए सभी मानव समाज को माँ गंगा के विचार दर्शन को भी समझना होगा। सभी मानव को उनके विचार–भावना को समझते हुए अपने जीवन में उन्हें उतारना होगा। उनको यह अच्छी तरह से समझना होगा कि यह एक विचार दर्शन है। भगवान, ईश्वर के सिर सें कोई वास्तव में जल की धारा नहीं निकल सकती है। यह धारा वास्तव में शिव में विचार की धारा थी। उनके मस्तिष्क में जितने भी विचार या चिन्तन की सामग्री थी, उनमें से थोड़े ही अंश को उन्होंने अपने मस्तिष्क से धरती पर विचार धारा के रूप में उतारा है। यह विचार धारा ही उन्होंने जल धारा के रूप में दर्शाया है। हम सभी लोगों को यह बात अच्छी तरह से समझ लेना चाहिए कि जीवन में भक्ति के साथ–साथ ज्ञान को भी साथ ही साथ

लेकर चलें। जिससे दोनों का संतुलन समाज में बना रहे। इस तरह से धरतीवासी को यह समझाया गया है कि अगर आप धरती पर सुख, शान्ति चाहते हैं तो इस विचार धारा को समझने का प्रयत्न करें एवं इस मार्ग पर चलने के लिए अग्रसर हों, क्योंकि धरती पर भी इस विचार धारा के बिना शान्ति को पाना निश्चय असम्भव है। एकमात्र यही एक रास्ता है विश्व में शान्ति स्थापित करने का इसका दूसरा विकल्प नहीं है। माँ गंगा नदी में डुबकी लगाने का यह भी अर्थ होता है कि आप इस प्रेम में रहने के साथ–साथ अपना अन्य जीवन भी सहर्ष रूप से कर सकते हैं। अपना स्वयं का जीवन, अपने रिश्तों से प्रेम, पति–पत्नी का आपसी प्रेम के साथ गृहस्थ जीवन में भी चल सकते हैं। अर्थात् आपका जीवन जीने के साथ–साथ ही हम सभी को दूसरे के जीवन के लिए भी सोचना चाहिए। संसार के सुख–शान्ति के लिए भी कुछ करना चाहिए। विश्व से विश्व प्रेम का रिश्ता बनाये रखना चाहिए, यही हम सभी लोगों का उद्देश्य होना चाहिए। इस तरह हम सभी को अपने ही जीवन जीने के लिए ईश्वर के शरण में जाने के साथ ही साथ सम्पूर्ण मानव के माहौल को सुन्दर, शान्ति युक्त बनाने का सदैव प्रयास करना चाहिए।

महात्मा बुद्ध का उपदेश –

महात्मा बुद्ध को विष्णु के ही अवतार के रूप में माना गया है। ऐसा क्यों माना गया है ? शिव का अवतार क्यों नहीं माना गया है ?

महात्मा बुद्ध के विचार के अनुसार ''करुणा की भित्ति पर उगा प्रेम में लीन मानव ही भगवान है, ईश्वर है''। यहाँ पर महात्मा बुद्ध द्वारा जो सूत्र दिया गया है, वह सूत्र ईश्वर के दर्शन से मेल नहीं खाता है। ईश्वर का दर्शन जो कि शिव द्वारा दिया गया है। वह इससे बिल्कुल भिन्न है। ईश्वर दर्शन शाश्वत प्रेम की बात करता है। वह वात्सल्य प्रेम या नूर की बात करता है। जो महात्मा बुद्ध के सूत्र में नहीं दिखायी देता है।

महात्मा बुद्ध के सूत्र में भगवान विष्णु के विचार अवश्य दिखायी पड़ते हैं। विष्णु भगवान मानव को प्रत्येक मानव से प्रेम करने का पाठ सिखाते हैं। यह प्रेम भाव वात्सल्य प्रेम रस में हो सकता है और करुणा भाव रस में उगे प्रेम से भी हो सकता है। यहाँ करुणा करने का अर्थ यही होता है कि हम विश्व के सभी मानव के साथ प्रेम भाव से सम्बन्ध रखें। महात्मा बुद्ध का करुणा शब्द दूसरे से प्रेम को दर्शाता है। करुणा का अर्थ ही होता है कि हम दूसरे मानव के प्रेम के प्रति संवेदनशील

बने या हों। करुणा अपने लिए नहीं की जाती है। जब भी की जाती है दूसरे के लिए वह दूसरा विश्व का कोई मानव हो या कोई जीव ही क्यों न हो, सदैव दूसरे के लिए सोचने वाला मानव ही विश्व से प्रेम कर सकता है। अतः करुणा एक तरह से विश्व प्रेम की तरफ ही इंगित करती है। इस तरह से महात्मा का बुद्ध दर्शन विष्णु के दर्शन से कुछ हद तक मेल खाता है। विष्णु करुणा, प्रेम एक संगठित विश्व प्रेम की बातें करते हैं। जबकि महात्मा बुद्ध इसी प्रेम में करुणा, प्रेम में लीन होने की बाते करते हैं। इसी प्रेम में जीवन जीने की बात करते हैं। दोनों में सिर्फ एक ही अन्तर है कि विष्णु एक विश्व प्रेम का संगठित रूप हैं। बुद्ध विश्व प्रेम एक असंगठित रूप है। बुद्ध संगठन नहीं करता है। वह तो स्वयं में जीवन को तलाश करता है लेकिन इसी जीवन तलाश में वह करुणा की बातें कहकर दूसरे से भी प्रेम करने के लिए दर्शाता है। हम सभी को उत्प्रेरित भी करता रहता है कि हम दूसरे के लिए भी सोचें, दया, करुणा की भावना रखें और इसी भावना में ही हमें अपना जीवन भी तलाश करना है। हमें अपना जीवन भी जीना है। यही महात्मा बुद्ध का उपदेश ही हमें विश्व प्रेम व विश्व शान्ति को दर्शाता है।

इस तरह हम यह देखते हैं कि बौद्ध धर्म में भी यह दूसरा विचार अच्छी तरह से पल्लवित हो रहा है। एक दूसरे से करुणामयी प्रेम से हम विश्व शान्ति की ओर अग्रसर हो सकते हैं। साथ ही साथ यह भी कह सकते हैं कि अवश्य ही महात्मा बुद्ध का विचार विष्णु जैसा ही है। अतः वे विष्णु के ही अंश हैं। इस तरह हम देखते हैं कि इस तरह के विचारों में वास्तव में में कोई मतभेद नहीं है। दोनों ही एक ही विचार को व्यक्त करते हैं।

इस तरह सभी धर्मों में भी हम अध्ययन करने के पश्चात् यह अवश्य जान पायेंगे कि दूसरा विचार भी विश्व के प्रत्येक धर्म में निहित है, केवल कहने का ठंग कुछ अलग हो सकता है किन्तु मूल विचार एवं उद्देश्य एक जैसा ही है।

महावीर का जैन धर्म –

जैन धर्म के लोग अहिंसा को परम धर्म के रूप में मानते आये हैं। उनका कहना है कि प्रत्येक मानव दूसरे मानव से या दूसरे जीवों से हिंसा का व्यवहार करता है। यह हिंसा वह कुछ अपने शरीर के द्वारा और कुछ वचनों के माध्यम से भी वह हिंसा करता है। मानव अगर दूसरे जीवों से या दूसरे मानव से हिंसात्मक व्यवहार न करे, मन, वचन,

कर्म से वह हिंसा से मुक्त हो जाये तब यह उसके लिए, उसके जीवन के लिए बहुत बड़ी उपलब्धि होगी। दरअसल में यह विचार मानव को प्रेममय स्वरूप की ओर अग्रसर करता है। साथ ही साथ दूसरे के प्रति भी प्रेम भाव रखने का भी प्रेरणा देता है।

महावीर जैन का उपदेश अगर हम सभी अपने जीवन में उतारें तो धीरे–धीरे हमारा स्वभाव भी एक संत जैसा ही बन सकता है। यह संत दूसरे के लिए सोचने के साथ–साथ अपने जीवन में भी वह नम्रता व कोमलता को प्राप्त करेगा। प्रेम एवं अहिंसा एक दूसरे के पूरक हैं। जहाँ प्रेम है, वहीं पर अहिंसा भी है और जहाँ अहिंसा है वही पर प्रेम भी है। दोनों एक सिक्के के दो पहलू हैं। हम जब भी अहिंसा की बात करते हैं तो इसका यह अर्थ होता है कि हम दूसरों के लिए सोचते हैं, दूसरे के लिए चिन्तित होते हैं, दूसरे के लिए कर्म करने के लिए अग्रसर होते हैं। इस तरह अहिंसा भी करुणा की भाँति विष्णु के दर्शन के समान ही है। विष्णु के दर्शन को ही वह समर्थन करता है या एक ही तरह की भावना को व्यक्त करता है। इस तरह से हम देखते हैं कि महावीर जैन ने उन्हीं दर्शन के बारे में कहा है जो दर्शन विष्णु के द्वारा पहले से ही कही गयी हैं। हाँ यह सत्य है कि उन्होंने अपने ढंग से इसे प्रस्तुत किया है। दूसरे के लिए सोचना ही यह एक दर्शन है। सभी के लिए अलग–अलग ढंग से व्यक्त किया है। उद्देश्य या लक्ष्य सभी का एक है, दूसरे के लिए सोचना, करना, समाज के महौल को शान्तमय बनाना है।

महात्मा बुद्ध की तरह ही महावीर जैन ने दूसरे के लिए जो विचार व्यक्त किया है। वह मानव समाज में प्रचार–प्रसार के माध्यम से किया है। हिन्दू समाज के तरह कोई रचनात्मक स्वरूप को स्थापित नहीं किया है। न ही कोई संगठित रूप ही बनाया है। नहीं इस कार्य को प्रोत्साहित करने करने के लिए किसी प्रतीक को स्थापित किया है। इन लोगों ने सिर्फ इस कार्य को करने के लिए स्वेच्छा पूर्वक प्रचार–प्रसार के माध्यम से प्रोत्साहित किया है लेकिन सभी का भावना विचार उद्ददेश्य एक जैसा ही है।

हम सभी लोगों को एक जैसी ही भावना होने के कारण मतभेद नहीं रखनी चाहिए। सभी लोगों को एक–दूसरे की भावनाओं को समझने की कोशिश करनी चाहिए एवं सम्मान करना चाहिए। जैन धर्म की तरह ही अन्य धर्मों के लोग भी मानव समाज में दूसरे मानव के प्रति सम्मान, आदर एवं सेवा की भावना को प्रोत्साहित करते हैं।

गुरूद्वारा –

गुरूद्वारा गुरू के महत्व को स्थापित करने के लिए ही स्थापित किया गया है। ऐसे तो सर्वश्रेष्ठ गुरू या अन्तिम रूप में स्वयं वही मानव हो सकता है, जो मानव विकास की अन्तिम छोर को प्राप्त कर चुका है। इस तरह ईश्वर, भगवान ही अन्तिम गुरू हो सकते हैं। फिर भी इनके अलावा इनके राहों पर चलने वाले मानव भी जो मानव को दिशा दिखाते आये हैं, वो भी मानव समाज में एक आदरणीय गुरू के रूप में स्थान को प्राप्त किये हैं। ऐसे सभी गुरूओं को सम्मान आदर के रूप में ही गुरूद्वारा का स्थापना किया गया है। गुरूद्वारा में जो दूसरे मानव के प्रति सेवा सत्कार देखी जाती है, वह अन्यत्र बहुत ही कम देखने को मिलता है। इस तरह यह गुरूद्वारा दूसरे लोगों की सेवा–सत्कार करना अपना परम धर्म समझते हैं।

अतः यह समुदाय भी भी दूसरे मानव की सदैव चिन्ता करता है, दूसरे के लिए ही कर्म करने के लिए तत्पर रहता है। इस तरह यह माँ गंगा के तरह ही मानव सेवा मानव प्रेम की बात करता है।

सिर्फ जरूरत है हम सभी लोगों को गंगा की तरह सम्पूर्ण मानव समाज को एकजुट करके प्रेम करने की। सम्पूर्ण मानव समाज को प्रेम करना ही विश्व प्रेम है। हमें गंगा की भाँति ही सम्पूर्ण विश्व को संगठित करके विश्व प्रेम की तरफ बढ़ना है।

इस्लाम धर्म –

इस्लाम धर्म में ईद मनाने की परम्परा के साथ–साथ बकरीद या ईद–उल–जुहा भी मनाया जाता है। बकरीद के दिन बकरे की बलि को त्योहार के रूप में मनाया जाता है। यहाँ पर भी बकरा को स्वार्थ का प्रतीक माना गया है। बकरा स्वार्थ का प्रतीक होने के कारण इस त्योहार का अर्थ अपने स्वार्थ का बलिदान करना है।

मानव समाज में करीब प्रत्येक व्यक्ति स्वार्थ से युक्त होता है। वह अपने जीवन काल में जो भी कुछ करता है, सोचता भी है सिर्फ खुद के लिए। वह अपने सम्पूर्ण जीवन को ही सिर्फ अपने लिए करता है। समाज से उसे कोई भी लगाव नहीं रहता है। वह मानव समाज के लिए कुछ करने को भी तैयार नहीं होता है। ऐसे माहौल में कोई धर्म अगर यह कहता है कि तुम अपने स्वार्थ को त्याग दो। तुम अपने स्वार्थ का बलिदान करो। इस तरह के विचार एवं भावना को अवश्य स्वागत

करना चाहिए। क्योंकि जब तक हम सभी स्वार्थ से युक्त रहेंगे तब तक हम सभी शाश्वत प्रेम से दूर तो रहेंगे, साथ–साथ समाज में सुख–शान्ति का माहौल भी स्थापित नहीं कर पायेंगे। अतः मानव समाज में ईद–उल–जुहा त्योहार एक महत्वपूर्ण त्योहार है जो हमें स्वार्थ से मुक्त होने की बात कहता है। स्वार्थ से मुक्त होने के कारण प्रत्येक मानव से प्रेम करने का संदेश देते हैं।

वह जानता है जब तक हम सभी स्वार्थी मन से जीवन बसर करेंगे, तब तक हम सभी दूसरे के लिए नहीं सोच सकते हैं। दूसरे के लिए सोचना, करना तभी सम्भव होगा जब हम सभी स्वार्थ से मुक्त रहेंगे। इस तरह यह त्योहार सम्पूर्ण मानव कल्याण की बात करता है। दूसरों के लिए भी सोचने व करने का संदेश देता है।

अतः यहाँ पर भी धर्म हमें दूसरे के लिए जीना सिखाता है। जब तक हम दूसरे के नहीं करेंगे, नहीं सोचेंगे, तब तब हम सभी स्वार्थी ही कहे जायेंगे। सिर्फ अपने लिए तो एक पशु भी जी लेता है किन्तु दूसरे के लिए जब जीना सीख जाते हैं तब हम भी स्वार्थ से मुक्त होकर एक उत्तम पुरुष के रूप में जाने जायेंगे।

अतः एक संगठित रूप में यह त्योहार हम सभी को स्वार्थ से मुक्त होने का संदेश हमेशा से देता आया है। जिसका सभी को स्वागत करना चाहिए। एक स्वार्थ से मुक्त मानव ही ईश्वर की ओर बढ़ सकता है।

ऐसे इस धर्म में और भी अनेकों छोटे–छोटे विचार है जिसका अभिप्राय भी दूसरे मानव का ख्याल रखना, पड़ोसी का ख्याल रखना, प्रत्येक मानव का कद्र करना, आपके सामने कोई भूखा न रहे, ऐसी ही अनेक बातें धर्म में निहित है, जो स्पष्ट करती है कि सभी लोगों को विश्व के प्रत्येक मानव का ध्यान रखना चाहिए।

जब प्रत्येक धर्म में मानव से मानव प्रेम की बात करता है। तब हम अचानक धर्म के नाम इतना कठोर क्यों हो जाते हैं ? क्यों हम सभी एक–दूसरे के खून के प्यासे हो जाते हैं ? अगर देखा जाय तो यह धर्म के कारण नहीं होता है वरन् हमारा आपका अहंकार ही इस तरह के घृणित कार्य करने को उत्साहित करता है। उनका मन, मस्तिष्क भी मोहग्रस्त रहता है। इसी मोहग्रस्त में ही वह व्यक्ति असमंजस सा होकर घृतित कार्य कर बैठता है। अतः मोह से मुक्त होने के लिए भी ईद–उल–जुहा त्योहार कल्याणकारी होता है।

इस धर्म में अपने आपका का एक हिस्सा मानव सेवा में लगाने की बातें कही गयी हैं। जिसमें समाज में रहने वालों को कोई भी परेशानी होने पर उनके कष्टों को दूर किया जा सके। प्रत्येक दृष्टि में यह प्रत्येक मानव की बात को कहता है। दूसरे लोगों से हमदर्दी रखता है। दूसरों के कष्टों को दूर करने की बात को कहता है। इस तरह से हम देखते हैं कि यह धर्म सभी धर्मों की भाँति ही विश्व के सभी मानव के कल्याण की बातें ही कहता है। अतः हम सभी को एक सुर में विश्व प्रेम करने की बातें को स्वीकार करना चाहिए। एक झण्डे के नीचे आकर सम्पूर्ण मानव कल्याण की बातें करनी चाहिए।

ईसाई धर्म –

लोगों की सेवा करना, लोगों के लिए मरना–जीना भी इस धर्म का आरम्भ ही माना जायेगा क्योंकि इस धर्म का आरम्भ भी दूसरे के लिए सोचना, करना यहाँ तक कि दूसरे के लिए अपने प्राण को भी बलिदान के रूप में अपर्ण कर देना यह शिक्षा ईसा मसीह ने हम सभी लागों को अपना प्राण देकर राह दिखाया है। अतः इस धर्म में लोग बड़े ही प्रेम, स्नेह, समपर्ण के साथ ही मानव सेवा में लगे हुये हैं। जिससे मानव के कल्याण के साथ–साथ उनका भी कल्याण हो सके। इनका भी जीवन ईसा मसीह की तरह धन्य हो सके।

धर्म में यह सभी कार्यों को इसलिए करने के लिए कहा जाता है कि जिससे मानव समाज का माहौल सुन्दर रहने लायक बन सके और साथ ही साथ उनका भी मन, मस्तिष्क विश्व प्रेम में ढल सके, जिससे वह भी ईश्वर की भाँति परिपूर्ण विश्व प्रेम को आत्मसात कर सके। परिपूर्ण विश्व प्रेम में डूबकर जीवन को सार्थक आनन्दमय बना सके।

मानव मन मस्तिष्क का निमार्ण एक संगणक ;ब्वउचनजमतद्ध की भाँति ही होता है। इसमें जो कुछ भी हम सभी भरते हैं वही समय–समय पर हमारे सामने आकर हमको उसी तरफ उत्प्रेरित करता रहता है। मानव मन, मस्तिष्क भी इसी तरह से कार्य करता है। हम जो कुछ अपने दिमाग में डालते हैं या भरते हैं, वही हमारे मन मस्तिष्क में सदैव की तरह प्रायः स्थित हो जाता है। फिर समय–समय पर यही विचार एवं भावनाएँ मस्तिष्क में उभरकर आती हैं और हम सभी को उसी ओर ले जाने के लिए उत्प्रेरित भी करती रहती है। ऐसे में यह जरूरी हो जाता है कि हम सभी अपने मन, मस्तिष्क में अच्छी–अच्छी बातें ही भरें जिससे यह हमारा मन, मस्तिष्क हमें कभी भी गलत रास्ते की तरफ उत्प्रेरित न कर सके। गलत बातें या बुरी बातों को मस्तिष्क

में भरने से यह मस्तिष्क हमेशा बुरे की तरफ ही ले जाने के लिए प्रेरित करेगा। अच्छी बातें अच्छे कर्म करने से यह सभी मस्तिष्क में स्थित होकर सदैव यह मस्तिष्क हम सभी को अच्छे के तरफ ही ले जाने के लिए प्रेरित करता रहेगा।

अतः दूसरे की सेवा करना, दूसरों का भला व चिन्तन करना यह सभी बातें हमको अच्छे की ओर ले जाने के लिए ही प्रेरित करती रहेंगी। जो हमारे मन–मस्तिष्क में पहले से बुरे विचार भावना रखे हुये हैं, वह धीरे–धीरे अच्छे कामों को करने के कारण समाप्त हो जायेंगे। तब हमारा मन–मस्तिष्क भी अच्छे की ओर सदा ही प्रेरित करता रहेगा। सदा अच्छे कार्यों, अच्छी भावनाओं में निरन्तर रहने से हम सभी का मन मस्तिष्क भी ईश्वर प्रेम की ओर अनायास ही उन्मुख होने लगेगा। तब हम सभी भी उस परिपूर्ण विश्व प्रेम में डूबेंगे जिस प्रेम में डूबना हम सभी का अन्तिम जीवन लक्ष्य है। सभी कर्म सभी क्रिया–कर्मकाण्ड एक ही उद्देश्य से बँधे हैं कि कब हम परिपूर्ण विश्व प्रेम में डूबेंगे। डूब कर ही जीवन बसर करेंगे। मानव का जीवन इससे सुन्दर जीवन की कल्पना भी नहीं किया जा सकता है, न ही इससे ज्यादा सुन्दर जीवन की कल्पना भी है। अतः परिपूर्ण विश्व में डूबना मानव के अन्तिम जीवन लक्ष्य को प्राप्त करना है। पारसी धर्म में भी दूसरों की भावना का आदर किया जाता है। मानव के अलावा जीव–जन्तुओं तक भी पारसी धर्म सोचता है। उनके लिए भी बहुत कुछ करने को तैयार रहता है। इस तरह से हम अध्ययन करते हैं कि विश्व के सम्पूर्ण धर्म में एक मानव का दूसरे मानव से प्रेम करने की शिक्षा देते हैं। सम्पूर्ण मानव समाज को ईकाई मानकर ही चलना चाहिए। हमारा धर्म तो यह मानता है कि सम्पूर्ण धर्म के आधार पर विश्व को प्रेमपूर्वक रहना चाहिए किन्तु ऐसा नहीं है। समस्त धर्मों के मतभेद को समाप्त करने के लिए हमें जरूरत है एक ऐसे छत्रछाया की जिसके नीचे आकर हम सभी इस उद्देश्य को धरती पर रचनात्मक रूप से उतार सकें।

तभी हमारा धर्म परिपूर्ण रूप से पूर्ण होगा। तभी हमारे धर्म का उद्देश्य भी सम्पूर्णता को प्राप्त कर सकेगा। तभी हम सभी इस रचनात्मक स्वरूप में सुख–शान्ति से वास कर पायेंगे।

आइये अब हम एक तीसरे दर्शन की बात करें एवं उसे समझने की चेष्टा करें।

खुद या अहं का दर्शन –

खुद एवं अहं का एक समान ही अर्थ है। वैदिक धर्म काल से ही अहं दर्शन एक महत्पूर्ण विषय था। इस विषय पर सभी चिन्तकों का प्रायः एक ही मत था। इसे "अहं ब्रह्मास्मि" कहकर एक दर्शन के रूप में समझाने का प्रयत्न किया गया है। अहं भाव के धरातल पर सम्पूर्ण विश्व के जीव–जन्तु, व मानव की उत्पत्ति हुई है। इसी को खुद कहकर अन्य धर्म के लोगों ने दर्शाया है। अहं भाव के दर्शन को विश्व का सम्पूर्ण चेतना भाव कहा गया है। विश्व के सम्पूर्ण चेतन भाव में, सम्पूर्ण संवेदना, भावनात्मक, विचारात्मक या क्रियाएँ यह अहं भाव का ही कारक हैं। इसी अहं भाव में सर्वप्रथम इच्छा भाव की उत्पत्ति हुआ है। तत्पश्चात् इसी इच्छा शक्ति के द्वारा ही यह भाव धीरे–धीरे क्रमिक विकास की ओर अग्रसर होता गया है। आज हम लोगों के सामने जो भी जीव–जन्तु या वनस्पति या मानव दिख पड़ते हैं, वे सभी इसी अहं बोध भाव के कारण ही प्रकृति से संयोग करके अहं भाव के धरातल पर धीरे–धीरे विकसित हुये हैं।

हमारे आज के वैज्ञानिक कहते हैं कि जीव की उत्पत्ति एक ऊतक वाले अमीबा से हुई है। यही अमीबा ही धीरे–धीरे इनके इच्छानुसार, आवश्यकता के अनुसार ही विकसित होता गया है। इनके आवश्यकता के अनुसार ही यह अमीबा एक ऊतक से अनेकों ऊतक वाले जीव बन गये हैं। यही जीव ही क्रमिक रूप से विकसित होकर कीड़े–मकोड़े के रूप में विकसित हुये हैं। फिर धीरे–धीरे यही बिना हड्डी वाले जीव से एक समय ऐसा भी आता है कि इन्हीं जीवों में हाड़–माँस भी विकसित होने लगा। अतः लगातार यही विकास की प्रतिक्रिया ही एक दिन मानव के रूप में विकसित हुआ है या जीव के विकास के सिद्धान्त जो चिन्तन, तर्क आज के वैज्ञानिक देते हैं, वही सिद्धान्त, वही चिन्तन–मनन, तर्क हमारे पूर्वज भी देते आये हैं। पूर्वज एवं हमारा–आपका धर्म भी यही कहता है।

आज का वैज्ञानिक अमीबा से पहले का चिन्तन नहीं कर पाया है, न ही करता है। वैज्ञानिकों ने यह भी चिन्तन–मनन नहीं किया कि यह अमीबा कहाँ से आ गया है। एकाएक तो यह प्रकट नहीं हुआ होगा। इसका भी एक विकास प्रक्रिया होगा, जिसके अन्तर्गत ही वह गुजरा होगा। तत्पश्चात् ही वह अमीबा के रूप में विकसित हुआ होगा। क्योंकि अमीबा में भी वह सभी क्रियाएँ सम्पन्न होती है, जो एक पूर्णरूप में विकसित जीव, कीड़े–मकोड़े में होती है। जीव में या किसी अमीबा

में ही कोई भी क्रिया एक साथ सम्पन्न नहीं होती है। कहने का अर्थ एक समय में एक ही क्रिया प्रायः वह कर सकती है। अपने साथ वह सभी क्रियाओं को वह एक साथ नहीं कर सकता। इसका अर्थ यह होता है कि कौन सी क्रिया–कर्म अमीबा पहले करता है अर्थात् कौन सी क्रिया–कर्म को अमीबा सर्वप्रथम आरम्भ किया था, कौन सी क्रिया–कर्म उसके बाद क्रमिक रूप से शुरू किया था। इन सभी बातों का अध्ययन आज का वैज्ञानिक नहीं करता है। न ही करने का प्रयास भी करता है।

जीव के उत्पत्ति में सर्वप्रथम अमीबा की उत्पत्ति हुयी है, ऐसा वैज्ञानिक मानते हैं। एक जीव में चाहे वह अमीबा ही क्यों न हो जीवन की सारी क्रियाएँ उसमें देखने को मिलती है। उन सारी क्रियाओं का अध्ययन करने में हम अगर यह विचार करें कि इन सभी क्रियाओं में सर्वप्रथम कौन सी क्रिया की शुरुआत जीव अमीबा ने किया था ? एक अमीबा में भोजन को ग्रहण करना, पचाना, उत्सर्जन क्रिया, आक्सीजन या श्वसन क्रिया, अपने वंश वृद्धि के लिए सन्तान उत्पत्ति करना, स्पर्श को बोध करना इत्यादि होता है। अनेकों क्रियाओं का अध्ययन करने के पश्चात् हम यही निष्कर्ष निकालते हैं कि उत्सर्जन के पहले पोषण का ज्ञान हुआ था। क्योंकि बिना पोषण के उत्सर्जन नहीं हो सकता है। जीव जब पोषण करेगा तभी तो उसका स्वरूप विकसित होगा। तभी उन विकसित रूप में अन्य क्रियाएँ सम्भव होंगे। इस तरह एक अमीबा में सभी क्रियाओं के पहले पोषण क्रिया ही सम्पन्न हुआ होगा। इस पोषण क्रिया के पहले भी एक क्रिया आती है। वह क्रिया है स्पर्श की क्रिया। जीव पोषण के पहले जिस तत्व को वह ग्राह बनाता है पहले उसे स्पर्श करेगा। अतः स्पर्श बोध पोषण बोध से पहले का बोध है। जीव पहले स्पर्श बोध किया है। तत्पश्चात् वह पोषण किया है। स्पर्श बोध में भी सर्वप्रथम जीव ने ध्वनि या प्रकाश स्पर्श का बोध किया है। प्रकृति के अचेतन पदार्थों के आपसी टकराव से उत्पन्न ध्वनि एवं प्रकाश को सर्वप्रथम जीव ने अनुभूति किया है। यह अनुभूति स्पर्श बोध ज्ञान के आधार पर ही किया गया है। अतः चिन्तन एवं मनन करने ये सही ज्ञात होता है कि जीव एक अमीबा के रूप में बनने से पहले ध्वनि एवं प्रकाश के स्पर्श बोध को किया था। क्योंकि बिना स्पर्श किये कोई भी तरह का ज्ञान आरम्भ होने के पहले उसको स्पर्श करना नितान्त आवश्यक है। बिना स्पर्श के कोई भी ज्ञान आरम्भ हो ही नहीं सकता है। अतः ध्वनि या प्रकाश का स्पर्श बोध का ज्ञान जीव का सर्वप्रथम का ज्ञान बोध है। जीव का आरम्भ भी यहीं से शुरू हो चुका था। यहीं से जीव ने अपना ज्ञान बोध प्रारम्भ किया था। वह प्रकृति के साथ अचेतन

पदार्थों से जो सम्पूर्ण विश्व में व्याप्त था जुड़ना शुरू किया था। प्रकृति के अचेतन पदार्थों के साथ ही जुड़कर वह क्रमिक रूप से विकास की ओर अग्रसर होने लगा।

जीव ने जब ध्वनि या प्रकाश के स्पर्श का बोध किया था तब वह जीव बन चुका था। वह एक अचेतन पदार्थ नहीं था। उस समय वह एक चेतन के रूप में ही जीव था। उस चेतन पदार्थ में एक ही बोध ज्ञान था, ध्वनि एवं प्रकाश के स्पर्श बोध का ज्ञान था। अन्य कोई भी ज्ञान उस समय नहीं हुआ था। तब भी वह एक जीव ही था। यह जीव जब स्पर्श एवं प्रकाश का स्पर्श बोध नहीं किया था, वह एक सिर्फ चेतन के रूप में जीव तब भी था। तब भी वह एक जीव था। उनमें सिर्फ एक चेतना का बोध था। उनमें ध्वनि, प्रकाश, स्पर्श बोध भी तब नहीं था। एकमात्र तब भी उनमें एक बोध था। वह बोध चेतना का बोध था। सिर्फ उसमें एक चेतना बोध था। यह चेतना बोध ही 'अहं' का बोध था। अहं बोध ही जीव में तब भी था, जब वह प्रकृति के अचेतन संसार के सम्पर्क में नहीं आया था।

इसी चेतना बोध को ही अहं या खुद का बोध कहते हैं। इसी बोध में ही, इसी अहं भाव के धरातल में ही जीव का समस्त विकास अचेतन पदार्थों से जुड़कर सम्भव हुआ है।

अतः सम्पूर्ण विश्व जगत में तीन शक्तियाँ निरन्तर कार्य कर रही हैं :–

पहला – ओम, गॉड, अल्लाह का नूर या प्रेम तत्व जो सम्पूर्ण विश्व में व्याप्त है। निरन्तर अपनी क्रियाएँ काल के रूप में करती आ रही हैं एवं करती रहेंगी।

दूसरा – यह खुद या अहं भाव शक्ति जो सम्पूर्ण जीव जगत का कारक शक्ति है, यही एक मात्र चेतन स्परूप में शक्ति है। निरन्तर इनकी क्रियाएँ भी गतिमान हैं एवं सदैव गतिमान के रूप में रहेंगी।

तीसरा – शक्ति के रूप में यह अचेतन प्रकृति रूप में है। यह अचेतन पदार्थ सम्पूर्ण विश्व में व्याप्त है। यह अचेतन पदार्थ ठोस, द्रव्य व गैस के रूप में सम्पूर्ण जगत में व्याप्त है। पदार्थों का एक रूप ध्वनि एवं प्रकाश भी सम्पूर्ण विश्व में व्याप्त है।

यह तीनों रूप, तीनों शक्तियाँ कब से, कहाँ से शुरू हुयी हैं कोई नहीं जानता है। न ही कोई जान पाया है, न ही जान पायेगा, न ही जानने की जरूरत है। फिर भी इन तीनों शक्तियों के अस्तित्व से ही हमारा आपका अस्तित्व है। इन्हीं तीनों शक्तियों के आधार पर ही हमारा जीवन है। हमें सिर्फ इनके प्रकृति विज्ञान को समझने का प्रयत्न एवं जानने का प्रयत्न करना चाहिए। जिससे हम सभी एक सुखी एवं शान्तिमय जीवन को पा सकें।

तीनों शक्तियों में अहं शक्ति ही एक एकमात्र चेतन शक्ति है। समस्त जीवों की उत्पत्ति इसी अहं शक्ति पर ही उदय हुआ है। अतः यह ज्ञान भी बहुत ही महत्वपूर्ण ज्ञान है। इस भाव को विस्तार पूर्वक समझ लेना जीवन के लिए बहुत महत्वपूर्ण होगा।

अहं या खुद भाव को एक वैज्ञानिक ठंग से समझ लेने के बाद हम आपको यह बताने का प्रयत्न करेंगे की यह ज्ञान या शक्ति विश्व के सभी धर्मों में किस तरह उल्लेख किया गया है। उन सभी उल्लेखों का अध्ययन करके ही हम सभी धर्म के गूढ़ बातों को एक धार्मिक रूप से समझने का प्रयत्न कर सकते हैं। इसके दर्शन को सही रूप में समझ कर धार्मिक मतभेदों को भी हम सभी दूर कर सकते हैं। हम सभी को इस ज्ञान के आधार पर भी यह ज्ञात हो जायेगा कि विश्व के सभी ज्ञान एक ही दर्शन की बातें करते हैं। आइये तो सर्वप्रथम हम यह बताने का प्रयत्न करें कि वैदिक धर्म के अलावा भी अन्य धर्म में इस ज्ञान को दर्शाया गया है। पौराणिक कथाओं के माध्यम से यह ज्ञान प्रचार–प्रसार किय गया है। इसका महत्व लोगों तक पहुँचाने का प्रयत्न किया गया है। पौराणिक ग्रन्थों के माध्यम से इसे सर्प या नाग के प्रतीक के रूप में दर्शाया गया है। नाग या अन्य सर्पों में इच्छा शक्ति बहुत ही प्रबल होती है। खुद या अहं भाव शक्ति में भी इच्छा शक्ति बहुत ही प्रबल होती है। अतः इसी समानता के कारण ही अहं भाव शक्ति को नाग या सर्प के प्रतीक के रूप में माना गया है। धर्म में वह चाहे विश्व का कोई भी धर्म क्यों न हो, जहाँ–जहाँ सर्प को दिखलाया गया है, वहाँ पर इसी अहं या खुद भाव शक्ति को दर्शाया गया है।

भगवान शिव ने गले में सर्प का लिपटे रहना। विष्णु के क्षीर सागर में शेषनाग पर शयन करना जिनके असंख्य सिर है। सर्पों की महादेवी मनसा देवी को भगवना शिव के कन्या के रूप में स्वीकार करना। इन सभी के अर्थों को समझना अति आवश्यक है। कुरान धर्म पुस्तक में अजगर को भी इसी अहं भाव या खुद के भाव के रूप में

दर्शाया गया है। यहाँ पर अजगर की इच्छा शक्ति के कारण ही इसे भी खुद या अहं भाव शक्ति से दर्शाया गया है।

कुरान पुस्तक में जब अल्लाह ने सभी लोगों से कहा कि तुम सभी लोग इस आदम को मेरे ही समान महान समझो। मेरे ही समान इसे सम्मान आदर दो। मेरे ही समान इनका आदर करते हुये इनकी पूजा करो। तब सभी लोगों ने फरिश्ते तक ने स्वीकार किया है। अल्लाह के साथ–साथ उन्हें भी उनके समान स्थान दिया है। किन्तु अजगर ने इसे मानने से इनकार कर दिया था। उन्होंने अल्लाह से साफ–साफ शब्दों में कहा था कि इस आदम को तो मैंने ही बनाया है। मैं खुद ही इसे फिर क्यों पूजूँ ? यह कभी नहीं हो सकता है। इस पर अल्लाह ने भी कहा था, हाँ इस आदम को तुमने बनाया है, यह ठीक है यह सत्य है किन्तु इस आदम में मैंने अपना सम्पूर्ण प्रेम अर्थात् परिपूर्ण नूर भर दिया है। अतः यह अब मेरे समान ही महान हो गया है। अतः इस आदम को मैंने ही सातवें आसमान पर बैठाया है। अतः सभी फरिश्तों की तरह तुम्हें भी इस आदम को मेरे समान ही महान समझना चाहिए किन्तु अफसोस अजगर ने ऐसा कहना नहीं माना। दूसरों को बहकाने भी लगा, अतः उसे स्वर्ग से धरती पर ढकेल दिया गया है। यह कहकर जब तक तुम इस परिपूर्ण विश्व प्रेम से युक्त आदम को मेरे समान महान नहीं मानोगे तक तक तुम सदैव इस धरती पर ही वास करोगे।

इस तरह से यहाँ पर खुद भाव शक्ति को अजगर के रूप में दर्शाया गया है। अजगर का प्रतीक चिह्न खुद या अहं भाव शक्ति का प्रतीक चिह्न हैं।

हमारा सम्पूर्ण विश्व संसार प्राकृतिक सात रंगों से ही बना है। सात ही रंग होने के कारण ही सम्पूर्ण जगत में सात आसमान ही बना है। सात आसमान से सात लोक की कल्पना की गयी है। इन सातों आसमान में स्थित होने के लिए या प्रवेश के लिए अल्लाह, ओम या गॉड शक्ति का ही आधार होता है। उन्हीं के सूक्ष्म शक्ति के माध्यम से ही कोई उस सातवें या अन्य लोकों में प्रवेश कर सकता है। इस सातों आसमान में प्रवेश के लिए वही एक आधार शक्ति ही है अन्य शक्तियाँ वहाँ पर कार्य नहीं कर सकती हैं। यह भी विज्ञान शक्ति के अनुसार ही होता है। अतः यह सारी क्रियाएँ भी स्वतः संचालित हैं, स्वाभाविक हैं, वैज्ञानिक हैं।

भगवान शिव के गले पर नाग सर्प को लपेटा गया है। यह इस बात का संकेत करता है कि भगवान शिव भी इस दर्शन को स्वीकार

करते हैं। यह दर्शन हमारी इच्छा शक्ति का दर्शन है। इस इच्छा शक्ति से ही हम अपनी सम्पूर्ण पौरुष शक्ति का विकास कर सकते हैं। अतः इस महत्पूर्ण शक्ति को भी हम सभी लोगों को स्वीकार करना है। इसी शक्ति के आधार पर ही हम सभी अपने पौरुष की ओर अग्रसर हो सकते हैं। शिव ने विश्व के सम्पूर्ण विष को पीने के बाद भी इसे अपनी इच्छा शक्ति से ही निष्क्रिय कर दिया था। तपस्या भी मानव इसी शक्ति के आधार पर ही करता है। अतः अहं भाव की शक्ति का महत्व भी मानव जीवन में महत्वपूर्ण स्थान रखता है। इसी शक्ति के प्रचार–प्रसार के लिए ही संगठित रूप में माँ मनसा देवी का उद्भव हुआ है।

पहले तो इस शक्ति भाव का इतना ज्यादा महत्व था कि इसे लोग ईश्वर की भाँति ही पूजा का स्थान देते थे किन्तु कालान्तर में इसके अहंकार के कारण एवं इनमें चरित्र का समावेश न होने के कारण पूजा की प्रथा को समाप्त कर दिया गया।। आज भी कहीं–कहीं ब्राह्मणों में यह देखने को मिल जाता है कि अपने सिर पर वो फूल रखकर ओम ब्रह्मास्मि नमः का पाठ करते हैं किन्तु यह पूजा पूर्ण रूप से समाप्त कर दिया गया है। ऐसा करना उन ब्राह्मणों का यह उचित कदम नहीं होगा। ब्रह्म शक्ति से ही इनके पितामह की कल्पना किया गया है। ब्रह्मा को ब्रह्म शक्ति का सर्वोच्च शिखर पद कहा गया है। इसी सर्वोच्च शिखर शक्ति के द्वारा ही इन्होंने सृष्टि की रचना किया है। इसी शक्ति के बल पर ही हमारे समाज में समस्त पौरुष शक्तियों का विकास हुआ है। डाक्टर, इंजीनियर्स, वैज्ञानिक, व्यापारी, योद्धा ऐसे सभी तरह के पौरुष शक्तियाँ इसी अहं इच्छा शक्ति से ही विकसित हुए हैं या इनकी सृष्टि हुई है। पूरे मानव समाज को इन्हीं शक्तियों के विकास के आधार पर विभक्त किया गया है। ब्राह्मण, क्षत्रिय, वैश्य एवं शुद्र। इस वर्ण के नाम से जाना गया है। यहाँ पर यह जान लेने की बात है कि यह चारो वर्ण केवल अहं भाव शक्ति के आधार पर हुये विकास को वर्गीकृत करके बनाया गया है। अतः यह केवल विकास के गुण के आधार पर ही वर्ण बनाया गया है। वह भी इस विकास के वर्गीकरण में चरित्र एवं प्रेम भाव में विकास को शामिल नहीं किया गया है। इसलिए इसे ब्रह्मा के पुत्र के रूप में ही दर्शाया गया है। मानव में यह चारों अवगुण के रूप में ही नहीं दर्शाया गया है, बल्कि यह वर्ण गुण की तरफ हम सभी का संकेत करता है। वह कहता भी है कि मानव में यह चारों गुण को विकासित करना चाहिए। सभी गुण मानव विकास के लिए महत्वपूर्ण है। अतः सभी गुण को अपने अन्दर विकसित

करने की प्रबल इच्छा रखनी चाहिए और विकास के लिए उचित कदम की तरफ अग्रसर होना चाहिए।

विष्णु का शेष नाग यहाँ पर कुछ और ही कहता है। चूँकि नाग अहं भाव का प्रतीक है और यह नाग असंख्य सिर वाला है। यह असंख्य सिर वाला नाग विश्व का सम्पूर्ण जीव एवं सम्पूर्ण मानव का अहं भाव शक्ति की ओर संकेत करता है। अर्थात् सभी मानव एवं जीव के ब्रह्म शक्ति को नाग शैया के रूप में दिखाये गये हैं। सम्पूर्ण ब्रह्म या सम्पूर्ण अहं भाव से जुड़े हुए हैं। उन्हीं मे उनका पूर्ण रूप से लगाव है। दिन, रात उसी पर शयन कर रहे हैं। यह सभी यह संकेत करता है कि उन्हें सम्पूर्ण मानव जगत, सम्पूर्ण जीव–जन्तु जगत से पूर्णतया लगाव है, प्रेम है। इस तरह यहाँ पर भी वास्तव में सर्प को अहं भाव का प्रतीक चिह्न ही कहा गया है या माना गया है। इस तरह से पूर्वजों ने पुराणों के आधार पर भावी पीढ़ियों के यह संदेश सर्प के प्रतीक चिह्न के रूप में दर्शा कर इनका महत्व हम सभी को देने की कोशिश किया है।

बाइबिल धर्म पुस्तक में भी सर्प का उल्लेख किया गया है। जब आदम एवं हव्वा दोनों ही स्वर्ग में नंगे होकर विचरण करते थे। वे दोनों ही बहुत खुश थे। दोनों को कोई दुःख न था। दोनों ही आपस में प्रेम पूर्वक ही थे। कालान्तर में दोनों को कहा गया कि इस पेड़ के फल को तुम दोनों मत खाना। अगर तुम दोनों ने इस पेड़ के फल को खाया तो निश्चय ही तुम दोनों को इसका दण्ड अवश्य ही मिलेगा। इसी कारण से वे उस फल को नहीं खाते थे। अतः वे दोनों खुश थे किन्तु हमेशा के लिए ऐसा नहीं हुआ। उन दोनों को सर्प ने उकसाया कि दोनों इस फल को खायें। सर्प ने उन्हें समझाया कि वे इस फल को खाने से लाभ ही होगा। वे उससे ज्ञान के लाभ हो अर्जित कर सकते हैं। बहुत दिनों तक उन दोनों ने उस फल को नहीं खाया किन्तु सर्प के बार–बार कहने पर उन दोनों ने एक दिन उस ज्ञान रूपी वृक्ष के फल को चखा और खाया। उस फल को खाते ही उन्हें यह महसूस हुआ कि वे नंगे हैं जो उचित नहीं है। अतः उन्होंने पेड़ के पत्तों से अपने बदन को ढकना शुरू कर दिया। यहीं से उनके ज्ञान का विकास आरम्भ हुआ है किन्तु इस फल के खाने के साथ ही साथ वे दण्डित भी हुए कि इसी सर्प ने तुम्हें फल खाने को कहा था। अतः इसी सर्प द्वारा तुम दोनों के पैर पर एक–दूसर को काटे जायोगे। तुम दोनों बराबर सदैव एक–दूसरे को सर्प के रूप में डंक मारोगे। अतः दोनों जो बड़े ही प्रेम

एवं शान्ति के साथ रहते आये थे, वे उस फल को खाने के पश्चात् दुःखी एवं अशान्त सा रहने लगे।

ईश्वर ने अमृत रूपी पेड़ के चारो तरफ काम, क्रोध, मद, लोभ, मोह, मत्सर झाड़ियों के रूप में लगा दिया। जिससे वे इस अमृत को पी न सकें। अगर वे पीना चाहेंगे तो उन्हें इन झाड़ियों से इस पेड़ को मुक्त करना होगा। इन झाड़ियों को लाँघना होगा। इस पर विजय प्राप्त करना होगा। तभी वे अमृत को पीकर अमरत्व को प्राप्त कर सकते हैं। साथ ही साथ इस सर्प के अभिशाप से मुक्ति भी पा सकते हैं, अन्यथा उनका जीवन इसी तरह से दण्डित होकर बसर करता रहेगा।

यहाँ पर भी सर्प को अहं भाव शक्ति से दर्शाया गया है। यह अहं अपने जिज्ञासु स्वभाव के कारण मानव मन को सर्प के प्रतीक चिह्न के रूप में बार–बार उत्प्रेरित करता है। इसी उत्प्रेरित करने के कारण ही मानव मन, बुद्धि में ज्ञान का विकास होना आरम्भ हुआ है। ज्ञान के आरम्भ में मानव पेड़ों से अपना तन, बदन को ढकना शुरू किया था। यहीं से ज्ञान का आरम्भ भी हो चुका था। हम मानव जब ज्ञान के रास्ते पर अपने कदम को बढ़ाते हैं, वहीं से इस ज्ञान के साथ–साथ मानव मन, बुद्धि में अहंकार का उदय होना शुरू हो गया। यहाँ पर भी जिस सर्प को जिज्ञासा के रूप में दर्शाया गया था उसी सर्प को फिर अहं भाव के अहंकार भाव में भी सर्प को ही दर्शाया गया है। अतः जहाँ अहं भाव जिज्ञासु भाव से युक्त है, वहीं पर अह भाव ज्ञान से युक्त होने पर अहंकारी भाव से भी युक्त या ग्रसित हो जाता है। आदम एवं हव्वा एक दूसरे को डसने का कारण यही उनका अहंकारी अहं भाव है। इसी अहंकारी अहं भाव से युक्त होकर वे एक–दूसरे को डसते हैं, डंक मारते हैं। फिर वे दोनों एक–दूसरे के कारण ही दुःखी एवं अशान्त भी रहते हैं।

आज भी मानव समाज में एक–दूसरे को केवल अहंकार वश ही डंक मारता है। अतः सभी दुःखी एवं अशान्त हैं। ज्ञान हमेशा अहंकार से युक्त होता है। अतः हमें सावधान होकर ही ज्ञान का अर्जन करना चाहिए। अन्यथा यह अमृत रूपी ज्ञान भी हमारे–आपके लिए सर्प की तरह विष तुल्य बन जायेगा और हमारा आपका जीवन नरक जैसा बन जायेगा। हम स्वर्ग से स्वयं बहिष्कृत हो जायेंगे। यह सर्प ही हमारे आपके नरक एवं स्वर्ग का द्वार है। आइये हम अब यह विचार करें कि यह सर्प किस तरह हमें स्वर्ग की तरफ अग्रसर कर सकते हैं ? खुद या अहं भाव को स्व भी कहा गया है। इन तीनों भाव का एक ही भाव

है स्व का बोध भाव। स्व के बोध भाव को होश कहा गया है। इसे विवेक भी कहा है। इसमें स्तम्भन शक्ति भी रहती है। सर्पों में स्तम्भन शक्ति ज्यादा ही होती है। अतः इस होश, विवेक रूपी अहं भाव शक्ति को सर्प के रूप में दर्शाया गया है। स्व का बोध या स्व के बोध में निरन्तर मन को स्थित करना या स्थिति में रहना ही विवेक या होश में रहना कहलायेगा। हम अपने मनोभाव में जब इस स्व भाव बोध को युक्त करते हैं, इस स्व भाव बोध में निरन्तर स्थित होकर अन्य भावों को आत्मसात करते हैं तब हमारा मन एवं हम विवेक एवं स्थिरता को प्राप्त करते हैं। हमने आपको यह पहले ही बता दिया है कि स्व बोध वह भाव बोध है जब वह ध्वनि या प्रकाश भाव का स्पर्श बोध भी नहीं किया था। ऐसे भाव में अपने को स्थित करके ही मन के दूसरे छोर से अन्य भाव को आत्मसात करते हैं या रसास्वादन करते हैं या प्रेम में डूबते हैं। तब हम एक विवेकी के रूप में ही रमण करते हैं, तब हम सदैव होश में रहते हैं। तब हम सदैव विवेक में रहते हैं। इसी को कहा गया है कि सदैव होश में रहो। सदैव होश में रहने वाला मानव ही विवेकी कहलाता है। एक विवेक पूर्ण मानव में सर्प की भाँति स्तम्भन शक्ति भी तीव्र होता है। उसमें सोचने समझने की शक्ति, चिन्तन–मनन करने की शक्ति प्रखर हो जाती है। इच्छा शक्ति तो और भी विवेकी एवं प्रखर होता है। इसके साथ ही साथ हम सभी किसी भावावेश में आकर उन्मादित नहीं होते वरन् विवेक पूर्वक शान्तमय होकर समस्या को सुलझाते हैं। मनको बहकने से रोक लेते हैं। यहाँ तक कि हम सभी प्रेम में भी अस्थिरता को प्राप्त हो जाते हैं, जब यह विवेक, होश रूपी अहं भाव ही हमें इस अस्थिरता से मुक्ति दिलाता है। हम प्रेम भाव में भी होश में रहते हैं। हम अतिशय प्रेम भाव में भी विवेकी बने रहते हैं। विवेकपूर्ण प्रेम अस्थिर प्रेम या चंचल युक्त प्रेम से कहीं श्रेष्ठ प्रेम है। हमें प्रेम भाव में भी इस विवेक रूप अहं भाव को अवश्य अपनाना चाहिए। इस भाव ज्ञान को हम भले ही पूजा के स्थान पर न बैठायें फिर भी इसे अवश्य ही ग्रहण करना चाहिए। इस ज्ञान को अवश्य ही प्राप्त करना चाहिए।

अतः अब इतना कुछ जान लेने के बाद हमें यह भी जानना जरूरी है कि यह अहं भाव या यह ब्रह्म भाव से किस तरह से ज्ञान को प्राप्त किया जाये। इस अहं भाव में किस तरह स्थित हो सकें। कैसे इसकी अनुभूति को प्राप्त कर उसी अनुभूति में स्थित हो सकें। इस विषय पर चिन्तन–मनन करने पर अनेक तरीके एवं कई रास्ते हमें समझ में आता है। जिसको हम सभी अपने जीवन में अपना कर उस अहं भाव स्थिति

को प्राप्त कर सकते हैं। यह तरीका कई है, जिनमें से कुछ तरीकों का जिक्र हम करते हैं। जो क्रमशः निम्नलिखित हैं –

1 – प्रकृति के बीच में बैठना :–

आप अपने नेत्र को बन्द करके अधखुले स्थिति में आसन लगाकर बैठ जायें, फिर प्रकृति के शान्त मधुर रूप को देखें व सुनें। प्रकृति को देखने, सुनने में आप शान्ति व आनन्द का अनुभव करें। आपको छोटे–बड़े पेड़–पौधे, पशु–पंछी, नदी या तालाब या छोटे–बड़े पहाड़ बहुत सुन्दर दिखेंगे। कोयल की आवाज या चिड़ियों पंछियों की आवाज को आप मधुर व आनन्ददायी महसूस करेंगे। ऐसी दृष्टि में आप निरन्तर प्रतिदिन बैठने का अभ्यास करें निरन्तर ऐसा अभ्यास करते रहने से आपको यह प्रकृति, पेड़–पौधे, नदी, पंछियों की आवाज बहुत ही प्रिय लगने लगेंगे। आप स्वभावतः धीरे–धीरे उसी स्थिति में आनन्दित रहने लगेंगे। आपका मन ऐसी मधुर दृष्टि पाने के लिए अभ्यस्त होने लगेगा। ऐसी स्थिति में आपका मन धीरे–धीरे शान्त हो जाता है। जब मन शान्त हो जाये तब आप प्रयत्न करें कि अपने मन को बिल्कुल स्थित कर दे। मन एक जगह जाकर रुक जाये। कुछ ना सोचे, बस देखे एवं प्रकृति को केवल सुने। ऐसा करने पर आपको प्रकृति की सुन्दरता को देखने व सुनने के साथ–साथ अहं भाव की अनुभूति का अहसास होगा। आप इसी अहं भाव के अहसास को लेकर प्रकृति की सुन्दरता को देखें व सुनें। आप इसी तरह निरन्तर प्रकृति को अनेक मिनट या घंटा तक प्रतिदिन निहारें या रमण करें।

हम आँखों से प्रकृति को देखते हैं एवं कानों से प्रकृति की मधुर आवाज को सुनते हैं। जब हम अहं भाव के साथ प्रकृति को देखते व सुनते हैं, तब यह प्रकृति की सुन्दरता एवं ध्वनि की मधुरता और अधिक ही बढ़ जाती है। अहं या ब्रह्म भाव सदैव प्रेम तत्व में डूबा रहता है। इसलिए जब हम अहं भाव की अनुभूति करते हैं, जब हम स्व भाव की अनुभूति करते हैं तो हम प्रेम तत्त की भी अनुभूति को अनायास ही करने लगते हैं। प्रेम तत्व से युक्त अहं भाव के अनुभूति के कारण ही प्रकृति की सुन्दरता व मधुरता और अधिक लगने लगती है। अतः एक बार भी अगर आप इस अनुभूति को प्राप्त कर लेंगे तो निश्चित है यह ज्ञान अनुभूत आपके जीवन से सदा के लिए जुड़ जायेगी। क्योंकि आप स्वयं इसे छोड़ना कदापि नहीं चाहेंगे। इसी अनुभूति को आप बार–बार रसास्वादन करना चाहेंगे। बार–बार ग्रहण करने के कारण यह ज्ञान अनुभूति सदैव के लिए आपके जीवन से जुड़ जायेगा एवं आप एक

विवेक पूर्वक स्थिति में रहकर भी शान्त एवं निराकार आनन्द को प्राप्त करेंगे। अतः इस तरह हम देखते हैं कि यह प्रकृति आपके मनोस्थिति को बदलने में बहुत ही सहायक है। तभी तो ऋषि–मुनि, साधु–सन्त लोग अक्सर ऐसे ही प्राकृतिक जगहों में निवास किया करते थे। क्योंकि यह प्रकृति की सुन्दरता उनके अशान्त मन को, उनके अस्थिर मन को शान्त स्थिर करने में आश्चर्य रूप से सहायक होती है। जब तक हमारा मन शान्त व स्थिर नहीं हो जाता है तब तक हम स्व बोध में स्थित नहीं हो सकते हैं। हम मन की तरंगों में ही बहते व उतराते रहते हैं। उनको हम नियंत्रित या वश में नहीं कर सकते हैं। स्व भाव में मन का एक सिरा रहता है व मन का दूसरा सिरा बाहर प्रकृति में रमण करता है। जब मन का एक सिरा स्व भाव में स्थित होकर प्रेम में डूबा रहता है, तब मन का दूसरा सिरा अनायास प्रेम में डूब कर प्रकृति की सुन्दरता, मधुर ध्वनि में रमण करने लगता है। अतः खुद का ज्ञान को पाने मात्र से हम ईश्वर के परिपूर्ण प्रेम को भी पाने का रास्ता पा जाते हैं। इसी ज्ञान के माध्यम से हम सभी ईश्वर के परिपूर्ण प्रेम ज्ञान को प्राप्त कर सकते हैं। अतः ब्रह्म ज्ञान ईश्वर ज्ञान का द्वार है। इस द्वार से भी हम ईश्वर तक पहुँच सकते हैं। इसी भाव अनुभूति को लेकर सम्पूर्ण विश्व को देखना एवं सुनना चाहिए। इसी भाव में स्थित होकर सम्पूर्ण विश्व को देखने से हम ईश्वर की परिपूर्ण विश्व प्रेम की अनुभूति को भी प्राप्त कर सकते हैं। यह अनुभूति ही हमें धीरे–धीरे परिपूर्ण विश्व प्रेम में डूबा हुआ मानव सदृश्य बनायेगा। जीवन का परम लक्ष्य हम इस ज्ञान से आरम्भ कर सकते हैं।

ब्रह्म ज्ञान भले ही पूजा के योग्य नहीं है फिर भी यह ज्ञान प्रेम की परिपूर्णता की ओर ले जाकर आपको मानव समाज में पूजा के योग्य बना देती है।

2 – वैराग्य भाव से ही अहं भाव की अनुभूति :–

अहं भाव में सर्वप्रथम इच्छा भाव की उत्पत्ति हुयी। यह भाव मन के रूप में उत्पन्न हुआ है। यह मन प्रकृति के अचेतन पदार्थों से सम्पर्क किया। इसी अचेतन पदार्थों से जुड़कर मन धीर–धीरे बुद्धि, ज्ञान को प्राप्त करता गया है। साथ ही साथ सभी ज्ञानेन्द्रियाँ एवं शरीर को भी प्राप्त किया। जब वह अचेतन पदार्थों से जुड़कर ज्ञान, बुद्धि एवं शरीर के आकार को ले रहा था, तब वह उसका मन उतना अस्थिर एवं उतावला नहीं था। उसका मन तो तब अस्थिर एवं अशान्त हुआ जब अचेतन पदार्थों से प्राप्त किया सभी तरह के पौरुष ज्ञान, बुद्ध, शरीर के कारण

ही काम, क्रोध, लोभ मद, मोह, मत्सर भावनाओं से वह ग्रसित होने लगा। अचेतन पदार्थों में जो विष था वह यही था। समुद्र मन्थन से निकला हुआ विष भी यही था।

मानव ज्यों–ज्यों विकास की ओर अग्रसर होता जाता है, वह इस विष को भी और अधिक उत्पन्न करता है। समुद्र मन्थन मानव विकास की चरम स्थिति थी। वह अपने विकास में चरम स्थिति तक पहुँच चुका था। ऐसी अवस्था में, ऐसी स्थिति में उन सभी में चरम विष की उत्पत्ति होना स्वाभाविक ही था। अतः समुद्र मंथन में भी चरम विष हलाहल के रूप में उत्पन्न हुआ। जिसे एकमात्र केवल भगवान शिव ने ही पचाया था। शिव ने इस विष को पीकर भी इसे निष्क्रिय कर दिया था। अतः इसका सार यह है कि काम, क्रोध, लोभ, मद, मत्सर से एकमात्र भगवान शिव ही मुक्त हो सके अन्यथा सभी जीव इस विष रूपी भाव काम, क्रोध, मद, लोभ, मोह, मत्सर से ग्रसित हो गये हैं। कोई भी मानव, देवता, दानव तक इससे मुक्त नहीं हो सके। इससे मुक्त होने की कला को ही वैराग्य कहा गया है। इस विष से मुक्त होने के लिए ही वैराग्य एक साधना की भाँति हम इसे इसे ग्रहण करते हैं। समस्त इच्छाओं के साथ–साथ मानव मन में यह विष भी अपना प्रभाव मन में दिखाता है। इन्हीं विष के कारण ही हमारा मन दूषित होकर अशान्त एवं अस्थिर भी रहता है। यह विष काम, क्रोध, लोभ, मद, मोह, मत्सर हमारे मन को प्रभावित करके उसी तरफ ले जाने के लिए सदा ही उत्प्रेरित करते रहते हैं। जिससे यह मन, दूषित होकर अस्थिरता व अशान्ति को प्राप्त करता है।

वैराग्य इन्हीं विष को त्यागने की बात करता है। इन्हीं विष का त्याग करना है। काम, क्रोध, लोभ, मोह, मद, मत्सर जैसी भावनओं को त्याग कर देना अर्थात इनसे लगाव न रखना। इन्हें अपने जीवन से मुक्त करना ही वैराग्य है।

मानव अपनी प्रबल इच्छा शक्ति से इन विषों पर अवश्य नियंत्रण लगा सकता है। वह धीरे–धीरे अपने स्वभाव को इन विष से मुक्त करने की कोशिश करे। निरन्तर मानव यदि इससे मुक्त होने के लिए कोशिश करे, तो धीरे–धीरे वह इस विष भावना से मुक्त हो सकता है।

जब मनुष्य का स्वभाव इस विष से मुक्त होने लगता है या इस विष से मुक्त हो जाता है, तब उसका मन केवल सुख, आनन्द, शान्ति में रहने लगता है। उसका अस्थिर मन स्वतः स्थिर होने लगता है। तब उसका मन शान्ति व आनन्द की ओर अग्रसर होने लगता है।

इस तरह वैराग्य के माध्यम से हम अपने मन को शान्त एवं स्थिर बना सकते हैं। जब हमारा मन शान्त एवं स्थिर रहने लगे तो हम थोड़ी सा प्रयत्न करके इस अहं भाव को प्राप्त सकते हैं। अपने तेज मन को स्थिर कर सकते हैं। अपने मन के भावों से मुक्त कर सकते हैं। मन को भाव से मुक्त करके या मन स्थिर करके हम अहं भाव की अनुभूति ज्ञान को प्राप्त कर सकते हैं। कालान्तर में भावों से युक्त होने पर भी हम अहं भाव की अनुभूति ज्ञान से मुक्त नहीं होंगे। हम इस स्व भाव बोध को ग्रहण करते हुये सभी आनन्दमय भाव को ग्रहण कर सकते हैं।

इस पथ की ओर जाने के लिए यह जरूरी नहीं है कि आप संन्यास पंथ की ओर जायें। संन्यास पंथ का उद्देश्य वैराग्य भावना की प्राप्ति है। वैराग्य भावना का उद्देश्य संन्यास नहीं होता है। संन्यास एक साधना हो सकती है वैराग्य भाव को पाने के लिए। अतः आप गृहस्थ में रहकर भी एक बैरागी की तरह जीवन बसर कर सकते हैं। गृहस्थ जीवन में रहकर आप अपने मन स्थिति को एक बैरागी जैसा ही बनाने का प्रयत्न करें। निरन्तर वैराग्य भाव जीवन बसर करने के फलस्वरूप आप का स्वभाव भी धीरे–धीरे एक बैरागी जैसा ही बन जायेगा।

वैराग्य का उद्देश्य अहं भाव अर्थात ब्रह्म ज्ञान एवं ईश्वर ज्ञान को प्राप्त करना है। जब यह ज्ञान आपको हो जायेगा तब यह ज्ञान आप छुड़ाने पर भी आप इसे छुड़ा नहीं सकते हैं। क्योंकि तब आप स्वतः शान्ति एवं आनन्द के लिए इस अनुभूति ज्ञान के रसास्वादन को बार–बार करते रहेंगे। बार–बार इसी भाव को निरन्तर रसास्वादन करने के कारण यह भाव नित्य एक जैसा ही बना रहता है। कभी मिट नहीं सकता है। निरन्तर नित्य भाव से स्थित रहता है।

हमारे साधु समाज में बहुत से साधु गृहस्थ आश्रम को छोड़कर संन्यास आश्रम को आपना लिये हैं। उनके लिए यह उचित नहीं होगा क्योंकि हम गृहस्थ आश्रम में रहकर भी संन्यासी की तरह भी रह सकते हैं किन्तु संन्यास में गृहस्थ आश्रम को नहीं अपना सकते हैं। गृहस्थ आश्रम में जो भावना, ज्ञान है उसे बिना प्राप्त किये हम सम्पूर्ण ज्ञान को नहीं प्राप्त कर सकते हैं। मानव की सम्पूर्णता तभी सम्भव हो सकती है जब वह अपने जीवन के सम्पूर्ण ज्ञान को अर्जित करेगा। बिना सभी ज्ञान को अर्जित किये हम अपने जीवन की सम्पूर्णता को नहीं प्राप्त कर सकते हैं। जिसका अफसोस आपको जीवन भर हो सकता है।

आदि शंकराचार्य को एक बार ऐसी परिस्थिति में डाल दिया था। अपनी हार को स्वीकार न करने के कारण उन्हें दूसरे राजा के मृत

शरीर में प्रवेश करना पड़ा। फिर उस राजा के रानी के साथ सहवास भी करना पड़ा था। क्या यह कदम उनका एक भद्र समाज में उचित था। इतना होने पर भी वे गृहस्थ आश्रम के पुत्र भाव ज्ञान से वंचित ही रहे हैं। पुत्र भाव ज्ञान के अभाव में आप ज्ञान की सम्पूर्णता को प्राप्त नहीं कर सकते हैं। आपका ज्ञान तब भी अपूर्ण ही माना जायेगा।

अतः अगर आप संन्यास मार्ग भी में जाना चाहते हैं तो आप पहले गृहस्थ आश्रम में प्रवेश करें, फिर सम्पूर्ण दायित्व को आप प्रेमपूर्वक पालन करें। गृहस्थ में पूर्ण रूप से, लगाव से, तप से, परिश्रम से निभायें, उसका पालन करें। यह सभी गृहस्थ का ज्ञान आपको आगे चलकर आपके ज्ञान में पूर्णरूप से सहायक बनेगा। आपको पश्चाताप नहीं करना पड़ेगा।

मानव को पाने के लिए बहुत कुछ करना होता है। बस ध्यान रहे कि कुछ पाने की होड़ में कुछ पाना छूट ना जाये। क्योंकि एकबार छूट जाने के बाद फिर दोबारा उसे पाने के लिए मौका नहीं मिलता है। अगर वह मौका मिलता भी है तो शायद रास्ते ही गलत हों। अर्थात गलत ढंग से मिलता है। मानव को श्रद्धापूर्वक गृहस्थ आश्रम का पालन करना चाहिए। जैसा एक भक्त एक भगवान को श्रद्धा करता है। तो आइये एक तीसरा रास्ता भी आपको यह ज्ञान प्राप्त करने के लिए कहते हैं, वह है भक्ति भाव।

3 – भक्ति भाव से अहं भाव की अनुभूति ज्ञान :–

जब हम ईश्वर के साकार रूप के सामने भक्तिपूर्वक प्रणाम करते हैं, नमस्कार करते हैं, नम्र भाव से झुकते हैं जब हमारा हमारा मन शान्त रूप में स्थित होने लगता है। साथ ही साथ प्रेम के साथ नम्रता भाव को प्राप्त करने लगता है। यह नम्र भाव, प्रेम भाव ही हमारे अस्थिरता को समाप्त कर देता हैं। अतः हम सभी को यह भक्ति अपने दैनिक कर्म–काण्डों में अवश्य ही शामिल करनी चाहिए। यह दैनिक कर्म क्रिया हमारे मन, बुद्धि को शान्त करने में अवश्य ही सहायक होंगी। निरन्तर कुछ काल तब ऐसा ही करने पर हमारा स्वभाव भी ऐसा बन जायेगा। नम्र एवं प्रेमयुक्त भावना से हमारा मन स्थिर भी होगा। ऐसी स्थिर भावना में हम अहं भाव को सहज रूप से अनुभूति कर सकते हैं। ऐसी स्थिति मन को ही हम बिल्कुल शान्त कर सकते हैं, तब हम अहं भाव की अनुभूति सहज रूप में कर सकते हैं। एक बार हम अगर अहं भाव को समझ लेते हैं, इस ज्ञान भाव की अनुभूति को जान जाते हैं। तब हम इस भाव को अपने से अलग भी नहीं कर सकते हैं। अतः इस भाव

को जानने, समझने, पकड़ने में पहले मन की अस्थिरता को हमें कम करना है। कम करते–करते बिल्कुल ही कम करके इस मन को बिल्कुल शान्त कर लेते हैं। तभी अनायास ही हम सहज रूप में इस ज्ञान की अनुभूति को पा लेते हैं। इस तरह से हम सभी लोग भक्ति भावना से अहं भाव की अनुभूति ज्ञान को प्राप्त कर सकते हैं। जरूरत है तो सिर्फ भक्ति भावना की प्रबलता होनी चाहिए। प्रबल भक्ति भावना ही हमारे मन–मस्तिष्क को शान्त व स्थिर कर सकती है, अन्यथा बहुत मुश्किल है। भक्ति के अलावा हम ज्ञान विचार से भी निरन्तर अभ्यास करते रहने से अहं भाव बोध को पा सकते हैं।

ज्ञान के तौर पर हम अपने मन को एक पतंग की डोर की भाँति सम्पूर्ण विश्व में, आकाश में भी उड़ाते हैं। जिस तरह से डोर के एक सिरे को हम एक हाथ से थाम कर रखते हैं, ठीक उसी तरह से मन के एक सिरे को हम अहं भाव से पकड़े रहते हैं। डोर के दूसरे सिरे से पतंग को बाँध कर हम उसे विश्व में या आकाश में उड़ाते हैं और तब उसका आनन्द भी लेते हैं। उसी तरह से हम मन के दूसरे सिरे से अपनी ज्ञानेन्द्रियों को बाँधकर विश्व में या आकाश में विचरण करते हैं। ऐसा करने से हम अहं भाव से युक्त होकर इसके बोध के ही साथ–साथ सम्पूर्ण विश्व का भी अपने ज्ञानेन्द्रियों से रसास्वादन करते हैं। अहं बोध भाव से युक्त होने के कारण इन्द्रियों के सभी भाव बोध भी प्रेमयुक्त बन जाता है। सभी भावनाएँ प्रेम से मुक्त हो जाती हैं। दूसरे तरह के ज्ञान यह है कि जब किसी जल–कल में सदैव पानी आता रहें, उसमें पानी निकलना कभी बन्द न हो ऐसा सोचकर जब हम जमीन के अन्दर पाइप को डालते हैं तो काफी लम्बी पाइप को डालते हैं, जिससे पाइप का एक सिरा उस स्तर पर स्थित हो जाये, जहाँ पर सदैव पानी उपबल्ध हो। वहाँ का पानी स्तर महासागर के जल के समान ही विशाल, सर्वत्र हो। तब यह पाईप से जब पानी जल–कल से निकलेगा तो सर्वदा निकलता रहेगा। कभी बन्द नहीं होगा। क्योंकि पाइप का एक सिरा ऐसे स्थान पर स्थित हो चुका है जहाँ पर पानी सदेव ही बना रहेगा। पानी कभी भी नहीं समाप्त होगा। ठीक इसी तरह से आप अपने अन्दर के मन को पाईप की तरह बिल्कुल गहरायी में उतारें। इतना गहरे में उतारे कि वहाँ पर आपको अहं भाव बोध मिल जाये। याद रखें मन के अन्दर की तरफ उतरते–उतरते जब आप अहं भाव तक पहुँच जायेंगे, तब आप अनुभव करेंगे कि वहाँ पर अन्य भाव शान्त हो गये हैं। वहाँ से आप को अहं भाव के साथ–साथ प्रेम भाव की भी अनुभूति होने लगेगी। तब आप समझ जाइये कि आप अपने मन के एक सिरे को जल की महासागर की भाँति ही प्रेम के महासागर में

उतार दिया है। अब यहाँ आप जल की ही तहर सदैव प्रेम रस का रसास्वादन करते रहेंगे। यह स्थिति आप अपने समझदारी से सहज रूप में पा सकते हैं। मन के अन्दर का एक सिरा सदैव अहं भाव में, प्रेम भाव में डूबे रहने के कारण ही पाइप के दूसरे सिरे से जल–कल कल की भाँति ही जैसे जल–कल में पानी आता रहता है, मनके दूसरे सिरे से भी यह प्रेम भाव की अनुभूति होने लगती है। अर्थात् धीरे–धीरे पूरा मन ही प्रेम भाव में डूबकर विश्व प्रेम भावना निकलने लगता है। इस तरह से हम ज्ञान के माध्यम से ही अहं भाव की स्थिति को पा सकते हैं। इसके लिए सर्वप्रथम आपको थ्योरी के रूप में पहले इसे अच्छी तरह से समझना होगा। तत्पश्चात् ही इसे अपने जीवन में प्रयोग के रूप में उतारना होगा। तभी आप अपने प्रयोग (प्रैक्टीकल) में सफलता प्राप्त कर पायेंगे। एक बार आप अगर सफल हो जायेंगे तो अहं भाव को जानने में फिर यह धीरे–धीरे सहज हो जायेगा। बाद में यही अहसास ही आपका स्वभाव बन जायेगा। तब आप ब्रह्म स्वरूप के रूप में माने एवं जाने जायेंगे।

तीन दर्शन को जान लेने के बाद आपको अब चौथे दर्शन के बारे में उल्लेख करूँगा। यह चौथा दर्शन भी महत्वपूर्ण एवं मुख्य दर्शन है। जिसको जानना भी अति आवश्यक है।

4 – वात्सल्य रस (माता–पिता एवं पुत्र प्रेम रस) :–

सम्पूर्ण जगत में तीन मूल शक्तियाँ ही हैं। पहला चेतना शक्ति जिसे स्व बोध कहते हैं। दूसरा अचेनतन शक्ति, जिसमें सम्पूर्ण प्रकृति सम्मिलित हैं। तीसरा वात्सल्य भाव रस का विश्व व्यापकता रूप जिसे ओम, गॉड एवं अल्लाह के नाम से जाना जाता है। इसी भाव रस का अंश भाव केवल वात्सल्य भाव रस जो माता–पिता पुत्र प्रेम का आधार रस है। इस भावरस को शाश्वत प्रेम भाव रस भी कहते हैं। अतः यहाँ पर हम इस वात्सल्य भाव रस का अध्ययन करेंगे जो सदियों से प्रत्येक जीव जगत में माता–पिता एवं पुत्र प्रेम के रूप में चला आ रहा है। इसका क्या महत्व है ? क्यों महत्व है ? क्यों ऐसा ही जगत चला आ रहा है ? क्या किसी ने ऐसा निर्मित किया है ? यह कहाँ ले जायेगा ? हम सभी को यह वात्सल्य प्रेम। आइये इस विषय पर भी हम सभी विस्तार से अध्ययन करें।

आप ध्यान से सम्पूर्ण जगत में जीवों पर दृष्टि दौड़ायें। सभी जीव अलग रूप के होने के बावजूद कुछ बातों के लिए एक समान व्यवहार या स्वभाव रखते हैं। भोजन सभी ग्रहण करते हैं एवं भोजन को पाने के

लिए चेष्टा भी करते हैं। सभी जीव प्रजनन के माध्यम से सन्तान को जन्म देते हैं। प्रजनन को देने वाले जीव को मादा कहते हैं। यह मादायें भले ही अलग–अलग ढंग से सन्तान को जन्म देती हैं किन्तु उनका सन्तान को जन्म देना उन सभी जीवों के लिए बहुत ही महत्वपूर्ण एवं हर्ष, स्नेह से भरा होता है। उन्हें उनके सम्पूर्ण जीवन में जो भी खुशी–आनन्द प्राप्त होती है, उन सभी में सन्तान की खुशी, आनन्द सर्वोपरि होता है। अतः सभी जीव एवं मानव में भी यह सन्तान सुख, आनन्द उनके सभी सुख आनन्द में सर्वोपरि सुख आनन्द है। यह आनन्द ही वात्सल्य रस का आनन्द है। तो आइये इस वात्सल्य रस का जिक्र भी हम विस्तार पूर्वक करें। आप चीटियों को भी देखें, यह चीटी अपने मुँह में बच्चे होने के पूर्व अंडे को लेकर कैसे एक सुरक्षित स्थान की खोज करती है ? कैसे एक स्थान में जाती हैं ? वे किस तरह से एक कठिन परिश्रम भी इसके लिए करती हैं ? निरन्तर उस अण्डे की देखभाल करते हुये ही अण्डे से बच्चे को जन्म देती है। फिर किस तरह उसे बच्चे का लालन–पालन करती है। वह इन सभी कार्यों को बहुत ही खुशी–खुशी एवं लगन के साथ करती हैं। वह अपना सम्पूर्ण समय उस सन्तान के लिए अर्पण करती है।

आप पंक्षियों के घोंसले को देखें। पंक्षी किस तरह से अपने बच्चे को प्यार करते हैं। उनके भोजन के व्यवस्था के लिए वह दूर–दूर से अपनी चोंच में भोजन को भरकर लाते हैं और उसे बड़े ही स्नेह, प्यार से उन बच्चों के चोंच में डालते हैं। बच्चे भी माँ से प्रेम करते हैं। दोनों का प्रेम एक अद्भुत–सा दिखता है। इनका प्रेम, स्नेह केवल इतने में ही सीमित नहीं रहता है वरन् वह उसके सुरक्षा के लिए भी सदा ही तत्पर रहती है। सन्तान की सुरक्षा के लिए वह हर सम्भव प्रयास करती है। यहाँ तक भी देखा गया है कि सर्प जैसे दुश्मन से अपने बच्चों को बचाने के लिए वह सर्प से लड़ती है। अपने चोंचों से उस सर्प को मार–मार कर उड़ जाती है। निरन्तर वह सर्प को अपने चोंच से मारती है। जब तक वह सर्प परेशान होकर वहाँ से चला नहीं जाता है। ऐसी परिस्थिति में कभी–कभी उस पंक्षी को अपनी जान से भी हाथ धोना पड़ता है। ऐसा प्रेम, स्नेह माँ–पुत्र का प्रेम अद्भुत ही कहा जायेगा।

आप मधुमक्खियों के जीवन चक्र से शायद वाकिफ होंगे। किस तरह से सभी मधुमक्खियाँ एक साथ मिलजुल कर अपनी सन्तानों को देखती है। वह बिना थके फूलों से रस को लाकर अपनी ही लार से मधु बनाती है, फिर उस मधु को बच्चे के लिए छत्ते में एकत्रित करती रहती है, ताकि उनके बच्चे आराम से उसे खा सकें। उन बच्चों का

लालन–पालन हो सके। उन्हें कोई कमी न होने पाये। इस कार्य के लिए वे दिन–रात परिश्रम करती हैं। इसे अलावा वह मधुमक्खियाँ उन छत्तों की देखभाल भी करती हैं। ऐसा काम, ऐसी लगन से करते हुये कार्य के पीछे उनका बच्चों के प्रति स्नेह, वात्सल्य प्रेम ही है। यह प्रेम पुत्र प्रेम के आधार पर ही सम्भव हो रहा था। मधुमक्खियों के छत्ते पर अगर कोइ शत्रु के रूप मे हानि पहुँचाने की कोशिश भी करता है, तो यह सभी मधुमक्ख्यिाँ उस पर भयानक रूप में आक्रमण भी करती हैं। अपने विष डंक से सभी मिलकर उन्हें डंक मारती हैं। अतः दुश्मन भी उनसे भयभीत होकर छत्तों से दूर ही रहता है। उसके पास तक भी नहीं जाता है। इस तरह जीव में भी माता–पिता वात्सल्य प्रेम बहुत ही अनेखा होता है। यह अनोखापन प्रेम हमें सभी जीवों में देखने को मिलता है।

आप सिंह जैसे निर्दयी आक्रमण करने वाले माँसाहारी पशु को अच्छी तरह से जानते हैं। यह हिंसक पशु भी अपने सन्तान के सामने कैसे कोमल फूल की तरह नम्र वह कोमल बन जाता है। स्नहे, प्रेम में वो अपने बच्चों को अपनी जीभ से चाट–चाट कर प्यार जताते हैं। बच्चे भी उनके ऊपर लदे से रहते हैं, बड़े ही कोमल भावनाओं से वे अपने बच्चे को दूध पिलाती है। उसे अन्य भोजन के लिए शिकार की भी व्यवस्था करती है। साथ–साथ ही उन्हें शिकार करने की शिक्षा भी देती रहती है। इस तरह से वह एक माता–पिता के स्नेह प्यार को देने के साथ–साथ एक गुरू की भाँति ही अपने बच्चों को जीवन जीने के योग्य भी बनाती है। ऐसा प्रेम जो पूर्ण रूप से समर्पित है अपने बच्चों की खुशियों के लिए एक माता–पिता पुत्र प्रेम के अलावा और कहीं भी देखने को नहीं मिलता है। केवल संसार में सिर्फ यही एक रिश्ता है जो अपना पूर्ण जीवन ही स्नेह वात्सल्य प्रेम के लिए समर्पित कर देता है। ऐसा समर्पण भाव सम्पूर्ण विश्व में अन्यत्र देखने को नहीं मिलता है।

अब हम आपको एक ऐसे जीव के बार में बताने जा रहे हैं जिसका जिक्र करना महत्वपूर्ण है। केकड़ा एक ऐसा जीव है जो अपने सन्तानों को बेहद प्यार करता है। इतना प्यार की शायद आप अपने जीवन में सोच भी नहीं सकते हैं। केकड़े जब बच्चे को जन्म देते हैं तब उन बच्चों के लिए भोजन के लिए वह हर सम्भव प्रयास करता है। यहाँ तक कि वह अपने बच्चे के भूख के लिए अर्थात् भोजन के लिए अपने आप को भी समर्पित करने से नहीं हिचकिचाता। वह अपने आप को उन बच्चों के सम्मुख समर्पित कर देता है। बच्चे भूख से व्याकुल अपनी माँ के शरीर को ही खाते हैं। उन्हें खाकर ही वे बड़े होते हैं।

इस तरह से वह केकड़ा अपने बच्चे के लिए मृत्यु को भी स्वीकार कर लेती है। वह बच्चे के खातिर प्रत्येक पल मृत्यु जैसी पीड़ा का अनुभव करता है किन्तु फिर भी उसका प्रेम, स्नेह, वात्सल्य भाव रस कम नहीं हुआ। ऐसी समपर्ण पुत्र प्रेम के लिए एक अद्भुत माँ ही कर सकती है। आश्चर्य होता है कि यह उनका प्रेम स्नेह देखकर। कैसा यह अद्भुत रिश्ता है।

हम मानव जीवन में भी तो जीवन यहाँ तक कि सम्पूर्ण जीवन ही इसी पुत्र प्रेम पर ही केन्द्रित होता है। मनुष्य का जीवन विवाह से ही आरम्भ होता है फिर कुछ समय के बाद हम सभी सन्तान के जीवन के लिए समर्पित हो जाते हैं। किस तरह से हम सभी लोग एक–एक दिन करके उसके लिए सभी कार्यों को करते हैं। इतना परिश्रम तपस्या उसी के लिए हम सभी निरन्तर जीवन भर करते रहते हैं कि कब हमारा सन्तान जीवन के लिए पूर्ण रूप से सक्षम हो जायेगा ? कब वह एक योग्य सम्मानित नागरिक बन पायेगा ? इसके लिए हम सभी लोग निरन्तर प्रयत्नशील सदा रहते हैं। अपना कोई बलिदान देने के लिए सदा प्रस्तुत भी रहते हैं। ऐसा स्नेह, वात्सलय मानव जीवन में भी केवल माता–पिता पुत्र प्रेम में ही दिखता है अन्यत्र बहुत मुश्किल से ही दिखायी पड़ता है।

हम जीव संसार में जन्तु संसार के अलावा वनस्पति संसार में अगर देखें तो वहाँ पर भी यह जीव का जीवन संसार ऐसा ही है। वह वनस्पति भी जो शायद देख या बोल भी नहीं पाता है, वह भी निरन्तर ऐसे ही प्रेम में अपना जीवन बसर कर रहा है। उसका भी सम्पूर्ण जीवन इसी वात्सल्य प्रेम माता, पुत्र प्रेम भावना में गुजरता है या पूरा होता है। वह वनस्पति भी इसी प्रेम में ही अपना जीवन बसर करता है।

सभी वनस्पतियाँ सन्तान को भी उत्पन्न करती है। कुछ फूल के रूप में तो अधिकांश फल के रूप में, जिनके अंदर अधिकांश बीज भी रहते हैं, उत्पत्ति करते हैं। हम मानव सभी वनस्पति जगत से जो कुछ फूल–फल प्राप्त करते हैं वह सभी वस्तुएँ दरअसल में वह अपने सन्तान के लिए ही उत्पत्ति करते हैं। यह फल वनस्पति हमारे आपके लिए नहीं पैदा करते हैं बल्कि वो अपने सन्तान के लिए ही बीजों के साथ–साथ पोषण भी तैयार करके रखते हैं। जिससे वह बीज उस पोषण का सेवन कर सके। तब बीज तब तक उन को उपयोग में ला सके, जब तक उनका पौधे के रूप में उत्पत्ति न हो जाये। एक वनस्पति अपने बच्चों के लिए, अपने बच्चों के भविष्य के लिए वैसा ही सोचता है जैसा कि

हम और आप अपने सन्तानों के लिए सोचते हैं। इस तरह से हम देखते हैं कि वह बीज के लिए अपने ममतामयी, वाल्सल्यमयी भावनाओं से उत्प्रेरित होकर पोषण को निर्मित करती है। इसी भावना के कारण ही उसका निर्मित हुआ पोषण भी स्वादिष्ट एवं हमारे आपके शरीर के लिए भी उपयोगी होता है। अतः इस भावना का इतना अधिक महत्व है कि बिना इस भावना से यह वनस्पतियों में फल का निर्मित होना एवं फल में पोषण का होना असम्भव था। हम सभी वनस्पतियों से जो भी फल फूल प्राप्त करते हैं वह सभी कुछ इन वनस्पतियों के वात्सल्य प्रेम रस के कारण ही प्राप्त कर पाते हैं। इस वात्सल्य प्रेम के बिना यह प्राप्ति सम्भव नही न था। अतः यहाँ पर भी सम्पूर्ण जीव जगत में वात्सल्य प्रेम का महत्व स्पष्ट होता है। इसके बिना संसार का ऐसा सृष्टि करना ही असम्भव था। अतः सभी जीवों में वो जीव चाहे कितना ही हिंसक हो या कितना असहाय व छोटा हो सभी जीवों में यह वात्सल्य प्रेम रस सदैव ही विद्यमान था और सदैव रहेगा। अतः यह वात्सल्य प्रेम रस ही एक शाश्वत प्रेम रस है जो जाने कब से चेतन एवं अचेतन में भी कण–कण में विद्यमान है। जिसको न मिटाया जा सकता है, न ही इसके कण–कण को हटाया ही सकता है। यह शाश्वत प्रेम जैसा पहले था, वैसा ही सदैव अनन्त काल लिए आगे भी रहेगा।

मनुष्य से लेकर छोटे–छोटे जीव–जन्तु भी इस शाश्वत प्रेम, वात्सल्य प्रेम से प्रकृति प्रदत्त परिचित हैं। अनयास ही ये सभी जीव इस प्रेम से परिचित भी निरन्तर हो रहे हैं।

जरा सोचिए इस तरह से परिपूर्ण जगत के जीवों को वात्सल्य प्रेम से कौन परिचय करा रहा है ? उसके इस तरह से परिचय कराने का उद्देश्य क्या है ? क्या उसके प्रयास के बिना जीवन को पाना सम्भव था ? कहाँ आरम्भ हुआ ऐसा जीवन यह सभी कुछ जानना हमारे आपके लिए बहुत ही महत्वपूर्ण होगा।

पुराणों के माध्यम से कहा गया है कि स्वर्ग में सभी खुश थे, शान्ति से वास भी करते थे। कहीं पर किसी तरहसे कलह, अशान्ति नहीं था। लोग वचन से भी दूसरे को कष्ट नहीं देते थे। सभी खुश थे।

इस कथा को कहने के पहले हम एक छोटी सी कथा को कहना चाहेंगे। बच्चे भी इस प्रश्न का उत्तर जानना चाहते हैं किन्तु आज तक किसी को इसका सही उत्तर नहीं मिल सका है कि पहले मुर्गी हुयी या पहले मुर्गी का अण्डा। यह प्रश्न बड़ा ही अटपटा सा लगता है किन्तु प्रश्न का उत्तर तो होना ही चाहिए किन्तु आज तक इस प्रश्न

का उत्तर न मिल सका है। यह एक आश्चर्य का विषय भी है कि इस प्रश्न का उत्तर आज तक क्यों नहीं मिल सका है ? यह प्रश्न दरअसल में धरती लोक से सम्बन्ध रखता ही नहीं है। तभी तो इस प्रश्न का उत्तर यहाँ नहीं मिल रहा है। इस प्रश्न के उत्तर का न मिलना भी यह स्पष्ट करता है कि जीवों की उत्पत्ति पृथ्वी लोक में नहीं हुई है। जीव की उत्पत्ति एवं उसका विकास अन्यत्र कहीं हुआ होगा। यह किस रूप में हुआ है ठोस, द्रव या गैस के रूप में जीव उत्पत्ति अन्यत्र कहीं पर हुयी है। हो सकता है कि जीव की उत्पत्ति प्रकाश के रूप, ज्योति के रूप में एक आकार स्वरूप को लेकर उत्पन्न हुआ है। धीरे–धीरे यही जीव विकास करता गया है। अन्त में विकास करके यह मानव रूप को प्राप्त हुआ है किन्तु यह सभी विकास भी वह एक ज्योति के रूप में ही किया होगा। वहाँ पर मृत्यु का कोई स्थान ही नहीं था। पुत्र एवं सन्तान का कोई प्रश्न ही नहीं था। सभी जीव स्व भाव से ही उत्पन्न हुये थे। सभी जीव उत्पन्न होकर धीरे–धीरे विकसित हो रहे थे। अतः ऐसी परिस्थिति में वहाँ पर मोह नहीं था। मेरा पुत्र, मेरे माता–पिता, मेरे भाई–बहन ऐसा मोह भाव वहाँ पर नहीं था।

अतः ऐसा स्वर्ग में होने से वहाँ पर भी मोह भाव नहीं था। मृत्यु भी नहीं थी, रोग भी नहीं था। लोग स्वस्थ रहकर पूर्णरूप से खुश थे, निश्चिंत थे, शान्ति में भी थे। इतना होने पर एक बात की सदैव कमी थी, वह था प्रेम। प्रेम भाव एक–दूसरे के प्रति बहुत कम था। लोगों के दिल में माया या वात्सल्य प्रेम रस कम था। अतः वे प्रेम में बहुत आनन्दित नहीं थे। इस अधूरे प्रेम के कारण ही उनका जीवन भी अधूरा सा प्रतीत हो रहा था। उनका विकास भी अवरुद्ध हो चुका था।

चरम विकास को प्राप्त हुयी योग माया बहुत ही दुःखी हुयी। उन्हीं की कृपा से तब सम्पूर्ण विश्व में सृष्टि का आरम्भ हुआ। एक नयी दुनिया की सृष्टि का आरम्भ हुआ। इस सृष्टि में माया को पल्लवित करने के लिए माया को बढ़ाने के लिए ही मोह को उत्पन्न किया गया है। माता–पिता एवं पुत्र के मोह को बनाया गया है। धरती पर दोबारा जन्म की शुरूआत किया गया है। इसका जन्म मानव जीवों या मानव का जन्म शिशु के रूप में किया गया। जीव की उत्पत्ति जीव से कराया गया है। अतः एक मोह भाव पैदाकर पुत्र एवं माता–पिता के प्रेम सम्बन्ध को बनाया गया है। सम्पूर्ण धरती को इसी रिश्ते से फिर से जीवों को जन्म देकर भर दिया गया है। इस तरह से धरती पर माता–पिता प्रेम एवं पुत्र प्रेम भाव से परिपूर्ण कर दिया है। यह प्रेम, वात्सल्य प्रेम मोह के रूप में धरती पर पनपने लगा। इस तरह योग

माया देवी की कृपा से ही धरती पर मोह से माया का संचार होने लगा है। धरती पर वात्सल्य रस का उत्सर्जन होने लगा। लोग धीरे–धीरे माया से परिपूर्ण होने लगे। लोगों में वात्सल्य रस का अधिक संचार होने लगा। योग माया का यही अभिप्राय था कि मोह से माया भाव संचार उत्पन्न किया जाय। क्योंकि मानव में सबकुछ था किन्तु माया, वात्सल्य रस ही कम था। इसी वात्सल्य रस को मोह द्वारा बढ़ाना था। यही एकमात्र माया को बढ़ाने के लिए रास्ता ही था। लोगों में मोह भाव लाया जाये। उनके ही रक्त माँस से संतान को जन्म देकर पुत्र प्रेम, माता–पिता प्रेम को मोह के रूप में जन्म दिया। मोह से माया, प्रेम का संचार समस्त जीवों में बहुत ही तीव्र गति से होने लगा। इस तरह से पृथ्वी पर जीवों को दोबारा जन्म दिया गया है। इस तरह से हम इस प्रश्न का भी उत्तर पा सकते हैं कि पहले पृथ्वी पर मुर्गी ने जन्म लिया है। क्यों समस्त जीवों को पृथ्वी पर पहले स्वर्ग से उतारा गया था।

अतः पहले पृथ्वी पर मुर्गी को उतारा गया फिर बाद में उसी मुर्गी से सन्तान उत्पन्न करने के लिए अण्डा को पैदा किया। इस तरह से ही हम मुर्गी एवं अण्डे के प्रश्न को हल सकते हैं। दूसरा कोई रास्ता ही नहीं है कि इस प्रश्न के उत्तर को प्राप्त कर सकें।

इस तरह से हम सभी को यह भी विदित होता है कि जीवन की परिपूर्णता के लिए इस मोह युक्त जीवन को स्वीकार करना, ग्रहण करना कितना जरूरी है। इसके बिना हम सभी अपने आप माया को और अधिक नहीं बढ़ा सकते हैं। अपने दिल में अधिक से अधिक माया को बढ़ाने के लिए इस मोह भाव जीवन को ग्रहण करना महत्वपूर्ण होगा।

विश्व या धरती के सभी जीव–जन्तु भी इस तरह से वात्सल्य रस में पल्लवित होने लगे। उनके अन्दर माया का संचार अधिक से अधिक पनपने लगा है। पूरी की पूरी धरती ही मोह–माया से आच्छादित कर दी गयी है। जो एक बहुत ही महत्वपूर्ण घटना है। यह कार्य, यह घटना कितनी महत्वपूर्ण है, इस पर मैं आपको एक कथा कहकर स्पष्ट करना चाहूँगा।

जब शिव एवं पार्वती का विवाह हो चुका था। उनके पुत्र कार्तिक भी कुछ बड़े हो चुके थे। कुछ कार्यवश वे अपने माता–पिता से दूर अन्यत्र कहीं गये थे। शिव भी ध्यान, तप के लिए कुछ कारणवश अन्यत्र गये थे। माँ पार्वती घर पर अपनी गुफा में अपने सहचरियों के संग–संग रहती थी। उनके मन में पुत्र के प्रति सहसा प्रेम जाग उठा।

वह बेचैन रहने लगीं। अतः वे उन्होंने ही शरीर के उबटन से एक मूर्ति बनायी और उस मूर्ति में पुत्र के रूप में आत्मा का आह्वान किया। मूर्ति सजग हो उठी। पुत्र के रूप में मूर्ति जाग उठी थी। उस मूर्ति ने माँ पर्वती को माँ शब्द से सम्बोधित किया था। माँ शब्द के करुण पुकार को सुनकर माँ पार्वती गदगद हो सी हो उठी। उन्होंने पुत्र को गले लगाया। पुत्र स्नेह, प्रेम दोनों में चरम सीमा पर थी। दोनों एक–दूसरे से प्रेम, स्नेह करते हुये परम आनन्द में रहने लगे थे। इधर इस बात का किसी को भी पता नहीं था। भगवान शिव को भी इस बात का पता नहीं था।

एक दिन माता ने अपने पुत्र से कहा कि हम स्नानघर में स्नान करने जा रहे हैं, कोई अगर अन्दर आना चाहेगा तो उसे अन्दर मत आने देना। इस तरह से पुत्र को द्वार पर खड़े रहने के लिए कहा। पुत्र द्वार पर खड़ा हो गया, मात्र एक लाठी को लेकर द्वार पर खड़े होकर पहरा देने लगा। कुछ समय के बाद देवतागण माता पार्वती से मिलने के लिए आये किन्तु बालक ने उन्हें अन्दर नहीं जाने दिया। इस पर दोनों में कहा सुनी हुयी और बात इतनी ज्यादा बढ़ गयी कि युद्ध भी होने लगा। लगातार युद्ध होने पर सभी देवता भी परास्त हो गये। हार मानकर सभी देवता वापस चले गये। महादेव के आने पर सभी ने अपने ऊपर बीती घटना को बताया। महादेव शिव भी तब कुछ क्रुद्ध हुये। उन्होंने क्रुद्ध होकर अपने ही पुत्र पर आक्रमण किया किन्तु वे भी परास्त हुये थे। तत्पश्चात् शनि देव के संग मिलकर जब उस बालक पर शिव ने अपने त्रिशूल से प्रहार किया तब जाकर उस बालक का धड़ सिर से अलग हो गया था। बालक मृत्यु को प्राप्त कर गिर गया।

इस घटना की जानकारी जब माँ पार्वती को मिली जब माँ पार्वती अत्यन्त ही क्रुद्ध हो उठी। उन्होंने समस्त देवियों का आह्वान किया। समस्त देवियाँ भी क्रुद्ध हो उठी और विश्व के समस्त सृष्टि को ही बन्द कर दिया। समस्त सृष्टि में पुत्र एवं माता–पिता प्रेम, जन्म रुक गया था। देवता एवं शिव आश्चर्य करने लगे। सृष्टि की उत्पत्ति संचालन ही कैसे होगा ? कैसे जीव जगत का विकास होगा ? एकमात्र यही विकास का आधार था। दूसरा कोई रास्ता ही नहीं था। माँ पुत्र प्रेम की उत्पत्ति का होना ही जीव विकास का एकमात्र आधार था। यह माता व पुत्र प्रेम की भावना को देवता के साथ–साथ शिव भी नहीं समझ सके। तभी तो यह उनका ही पुत्र उनके ही सामने उनके ही द्वारा मृत पड़ा हुआ था। सारी सृष्टि ही रुक गयी थी। सभी लोगों ने तत्पश्चात् अपनी गलती को समझा। शिव को अपनी गलती पर तब पश्चाताप हुआ। उन्होंने

क्षमा के साथ ही साथ उस बालक को भी फिर से जीवित किया। इसी के साथ ही समस्त देवियों का क्रोध तब शान्त हुआ। फिर सृष्टि की उत्पत्ति एवं संचालन का कार्य भी सुचारू रूप से आरम्भ हुआ।

इस कथा में पुत्र, माता का मोह प्रेम या माया प्रेम में महत्व के बारे में ही दर्शाया गया है। यहाँ पर इस दर्शन का महत्व देवताओं एवं शिव को भी न समझ में आने वाला दर्शन संकेत किया गया है। इसी दर्शन के आधार पर ही सम्पूर्ण विश्व के सम्पूर्ण जीव जगत का विकास होना सम्भव हो सका है।

मोह के द्वारा माया जगत की उत्पत्ति के अलावा विश्व कल्याण के लिए कोई रास्ता ही नहीं था। यहा दर्शन सम्पूर्ण देवियों को विदित था किन्तु देवता यहाँ तक ब्रह्मा, विष्णु, शिव को भी इस दर्शन का पूर्ण रूप से ज्ञान नहीं था। इसी कारण से उन्हें इस विषय पर अफसोस करना पड़ा। बाद में जब उन्हें इन दर्शन का विस्तृत रूप से ज्ञान हुआ है, तब उन्होंने प्रत्येक मन्दिरों के द्वार पर गणेश की मूर्ति को स्थापित किया। यह कहा भी कि इन्हें प्रणाम करते हुये मन्दिर में प्रवेश करें अर्थात प्रथम पूजा वात्सल्य भाव के प्रतीक गणेश की पूजा होगी। वात्सल्य प्रेम की पूजा ही प्रथम पूजा है।

जब तक हम लोगों के हृदय में, मन मस्तिष्क में वात्सल्य रस अर्थात माया की अधिकता नहीं हो जाता, तब तक हम ईश्वर को प्राप्त नहीं कर सकते है। ईश्वर प्राप्ति के लिए माया भाव की बाहुल्यता का होना अति आवश्यक है। अतः इसी कारण से धरती पर मोह को उत्पन्न किया गया है। यह मोह भाव प्रथम धरती पर ही उतारा गया है, ऐसा निश्चित नहीं हो सकता है। क्योंकि सम्पूर्ण विश्व में कहा गया है कि अनेक विष्णु लोक है। अनेक शिव एवं ब्रह्म लोक हैं। अतः यह मोह भाव की सृष्टि किस लोक से शुरू किया है। इसका उल्लेख कहीं नहीं मिलता है। अतः इस तरह का मोह की सृष्टि, इस तरह से जीव जगत, मानव जगत का दोबारा जनम अनादि से है। जिसका कहीं भी उल्लेख नहीं है। केवल इतना विदित है कि यह दोबारा जन्म का सृष्टि, मोह से युक्त संसार अनादि काल से चला आ रहा है। आज भी ऐसा ही चला आ रहा है। आगे भी ऐसा ही मोह संसार का सृष्टि चलता ही रहेगा, क्योंकि कि मानव कल्याण मानव में माया की सृष्टि की बाहुल्यता, अधिकता को बढ़ाने के लिए इसके बिना दूसरा कोई रास्ता ही नहीं है। दूसरा कोई विकल्प ही नहीं है।

आज संसार की जो भी स्थिति है। हम संसार में जिन–जिन परिस्थियों से गुजरते हैं, आप जरा गम्भीरता पूर्वक यह सोचे कि अगर इस संसार में यह रक्त का रिश्ता न होता, अगर यह रक्त का मोह न होता, तब हम सभी और गम्भीर मुश्किलों से घिरे हुए होते। जीवन में प्रेम रस का ही अभाव हो गया होता। सम्पूर्ण जीव जगत ही क्रूरता की तरफ बढ़ता जाता। यह मोह की भावना ही है, सभी जीव के सम्मुख जिसके कारण से प्रत्येक जीव माया–जगत से युक्त होता हुआ निरन्तर अग्रसर होता जा रहा है। अन्यथा सम्पूर्ण जीव जगत के साथ मानव जगत भी क्रूर व हिंसक बन गया होता। यह सब ईश्वर की ही देन है कि उन्होंने हम सभी को इस मोह–माया सृष्टि में उतारा या भेजा है। इस तरह ईश्वर ने हमें दोबारा जन्म देकर इस मोह जगत में भेजा एवं हमारे प्रेम को निरन्तर पल्लवित करते रहें हैं।

इस तरह के मोह जगत में रहकर निरन्तर हम सभी अपने माया–ममता को बढ़ाने रहते हैं। सर्वप्रथम तो वह हमें एक शिशु के रूप में माता–पिता के गोद में बैठाता है। वह माता की ममता, माया, मोह से हमें निरन्तर आच्छादित कर देता है। हर पल, हर छड़ हमकों केवल इसी वात्सल्य रस में जीने के लिए मजबूर कर देता है। क्यों यहाँ पर तब हमारे सामने कोई दूसरा जीवन होता ही नहीं है। हम जीवन के ऐसी परिस्थिति में प्रत्येक पल वात्सल्य प्रेम से घिरे रहते हैं।

इसी भाव रस में घिरकर ही हम सभी वयस्क होते हैं। वयस्क होने के बाद विवाह के बाद ही फिर हमारा वात्सल्य ये युक्त एक मोह भावना का जीवन आरम्भ हो जाता है। इस बार यह मोह भावना सन्तान के रूप में होती है। हम सभी फिर सन्तान के मोह भाव के रूप में वात्सल्य प्रेम में पूरी तरह से लिप्त हो जाते हैं। यह सभी कार्य कर्म, भाव किसी के कहने या उत्प्रेरित करने से नहीं होता है, वरन् यह सभी भावनाएँ अनायास ही सभी के दिल दिमाग में आने लगती हैं। लोग स्वतः ही इस मोह के बन्धन में गिरफ्तार हो जाते हैं। इसी जीवन को ही अपना सौभाग्यशाली जीवन भी समझने लगते हैं। मोह के जीवन प्रेम का ऐसा जबरदस्त बन्धन होता है कि अगर मानव उसे छोड़ना भी चाहे तो उसको वह कदापि छोड़ नहीं सकता है। भले ही वह छोड़कर संन्यास का ढोंग क्यों न ले ले। हमने अनेकों साधु–संन्यासियों को देखा है। वह संन्यास तो ले लेते हैं किन्तु कभी–कभी वह अपने घर अवश्य ही आते हैं। अपने घर आने के लिए वह अपने आप को रोक नहीं पाते हैं। वह अवश्य ही घर पर आयेगा या अपने जीवन में ही उन सभी घर वालेां को याद करेगा।

मोह भाव में केवल मेरा भाव ही नहीं रहता है, वरन् इस मोह–भाव में माया–ममता, वात्सल्य भाव की अधिकता भी रहती है। मेरा भाव को वह भले ही त्याग करे दे, किन्तु उस मेरे भाव में माया, वात्सल्य प्रेम की बाहुल्यता उन्हे बार–बार खींचती रहेगी, क्योंकि यह अधिकता अन्यत्र उन्हें कही भी नहीं मिलेगी। माया भाव की अधिकता उन्हें उनके घर में मिलेगी। अतः इस भाव रस को वह कभी भी ठुकरा नहीं सकता है। यह एक शाश्वत प्रेम हैं, जिससे आप अलग भी होना चाहें तो इस वात्सवल्य प्रेम रस से आप अलग नहीं हो सकते हैं। हाँ इसकी अधिकता से आप जुड़ सकते हैं। इससे मुक्त नहीं हो सकते हैं। यह माया–वात्सल्य प्रेम ही तो सम्पूर्ण विश्व का अमृत है। इसी को ही हम सभी को पाना है।। इसके अलावा तो सभी विष के ही समान हैं। जो झाड़ियों की भाँति इस अमृत को चारो ओर से घेरकर पड़ा हुआ है। इस तरह से हम सभी लोगों में माया का संचार होन लगा है। हम सभी को इस रहस्यमयी ज्ञान को समझना चाहिए।

इस ज्ञान को अच्छी तरह से जान लेने के बाद आप स्वयं ही इस रस मोह को स्वीकार करेंगे। इस मोह–बन्धन में अपने जीवन को बिताकर अपने आपको भी धन्य समझेंगे, साथ ही साथ जगत जननी योगमाया के विचारों का आप आदर भी करेंगे एवं उन पर परम विश्वास भी करेंगे कि योगमाया देवी हम सभी के कल्याण के लिए ही इस मोह संसार की सृष्टि की है।

हम सभी लोगों के लिए ऐसा एक मोह के संसार को निर्मित करने लिए, सृष्टि के लिए कितना तप, परिश्रम, विज्ञान, मनोविज्ञान करीब सभी विषयों का सहारा लिया गया होगा। फिर इस मोह संसार को निरन्तर गति देने के लिए किस तरह संचालन की व्यवस्था किया है। यह सब आप सोच भी नहीं सकते हैं।

आप केवल उनके इस मोह संसार को सार्थक बनायें। आप गृहस्थ जीवन को ही अपनाकर ही वैराग्य भाव को प्राप्त करने की कोशिश करें। दुर्गुणों से मुक्त होकर गृहस्थ आश्रम आपके जीवन को आनन्द से भर देगा। साथ ही साथ आप निरन्तर अपने विकास पथ पर तीव्र गति से अग्रसर भी होते रहेंगे। यह सुन्दर लक्ष्य आपको अन्यत्र कहीं नहीं मिलेगा।

स्वर्ग भी मोह जगत से युक्त बनाया है। वहाँ पर भी माँ–पिता–पुत्र प्रेम का सम्बन्ध है। क्योंकि इन्द्र एवं सभी देवताओं को ब्रह्मा ने ही सृष्टि किया था। अतः यह सृष्टि भी मोह से युक्त था।

स्वर्ग में ऋषि–मुनि भी गृहस्थ आश्रम के महत्व को अच्छी तरह से समझते थे। अतः वे सभी प्रायः गृहस्थ आश्रम में रहते थे। गृहस्थ आश्रम में रहकर वे सभी धार्मिक कार्यों एवं क्रियाओं को करते थे।

ऐसे ही माहौल में एक मुनि अपनी पत्नी के साथ रहते थे। कुछ काल के पश्चात् एक पुत्र ने जन्म लिया। पति–पत्नी बहुत खुश थे। दोनों बड़े ही प्रसन्न भाव से बच्चे का लालन–पालन करने लगे। आश्रम का माहौल भी खुशहाल हो गया था। सभी लोग बच्चे के खातिर ही आने–जाने लगे।

एक दिन एक अप्सरा मुनि के आश्रम में आयी। मुनि से आदर पूर्वक मिलने के बाद जब उन्होंने उस आश्रम में मुनि के पुत्र को देखा तब वो सोचने लगी कि मुनि को पुत्र के पालन में बहुत ही कष्ट उठाना पड़ता है। उनके दैनिक कार्यों में उन्हें शायद समय भी नहीं मिल पाता। तो क्यों न हम अपने मन्त्रों के प्रभाव से इनके पुत्र को वयस्क बना दें। पुत्र को बड़ा हुआ देखकर मुनि हम पर प्रसन्न होंगे। ऐसा सोचकर ही उस अप्सरा ने मुनि के पुत्र को अपने मन्त्रों के प्रभाव से बड़ा, वयस्क बना दिया। इस घटना की जब मुनि एवं उनकी पत्नी को जानकारी हुयी तब वे बेहद क्रुद्ध हुये। वे क्रोध में आकर उस अप्सरा को अज्ञानी, मूर्ख कहकर सम्बोधित करने लगे एवं श्राप भी दे दिया कि तुम्हें पृथ्वी लोक में जन्म लेना पड़ेगा। वहाँ जन्म लेने के बाद ही तुम्हारे कर्मों का दण्ड पूरा होगा। पृथ्वी लोक जाकर तुम्हें तुम्हारे कर्मों का पश्चाताप भी होगा एवं पुत्र भाव प्रेम का ज्ञान भी होगा।

इस तरह से मुनि उस अप्सरा को कहने लगे कि जिस प्रेम को पाने के लिए हम न जाने कब से तरस रहे थे, तुमने उस प्रेम सांसार को एक ही पल में समाप्त कर दिया। पुत्र का शिशु रूप ईश्वर के समतुल्य होता है। इस शिशु रूप का रसास्वादन करने से तुमने हमें वंचित कर दिया है। जिसका हम हर पल आनन्द लेना चाहते थे किन्तु तुमने मेरे स्वप्न को ही समाप्त कर दिया है। इस तरह यहाँ पर पुत्र शिशु रूप का सुख व आनन्द रस को जिस मर्माहित ढंग से कहा गया है वह शिशु प्रेम के महत्व को ही दर्शाता है। यह कथा हमें बताती है कि मानव ही नहीं पुत्र या सन्तान रस के आनन्द देवता भी तरसते हैं। वे जानते हैं कि यह रस ही सर्वोपरि रस है। यह रस ही मानव को ईश्वर पद तक ले जाता है। इस रस में ही निरन्तर रहने से मानव कल्याण निश्चय ही होगा। इस मोह रूपी सन्तान का सुख आनन्द आपको तभी छोड़ना पड़ेगा जब तक आप ईश्वर के समतुल्य न पहुँच

जायें। तभी आप ईश्वर व भगवान की दुनिया में प्रवेश कर पायेंगे। तभी आपको मोक्ष भी मिलेगा। ऐसी दुनिया में ही मोह का संसार नहीं होगा। अतः जब तक आप ईश्वर की दुनिया में प्रवेश नहीं करते तब तक आपको इस मोह संसार की दुनिया में ही रहना पड़ेगा। इस में आप खुश एवं आनन्दित भी रहेंगे।

अतः दो ही तरह के दुनियाँ में लोग हैं, जो खुश एवं आनन्दमय पूर्वक से हैं।

पहला – मोह से रहित ईश्वर की दुनिया।

दूसरा – मोह से युक्त मोह जगत में गृहस्थ की दुनिया।

इन दोनों संसार के अलावा जीवन का आनन्दमय होना अत्यन्त कठिन ही होगा।

अतः हम सभी को इस गृहस्थ जीवन में ही रहकर समस्त धार्मिक कर्मों, क्रियाओं को करना चाहिए, साथ ही साथ धर्म के समस्त ज्ञान को अर्जित करने की चेष्टा सदैव करनी चाहिए। निरन्तर विशुद्ध मन से, निष्पाप मन से किये गये कर्म एवं आपके गृहस्थ जीवन के कारण आप समस्त प्रकार के सुखों को भी भोगकर ईश्वर पद की ओर उन्मुख होंगे। निश्चय ही आपका जीवन तब सफल भी होगा। निश्चय आप उस पद को सहज रूप में ही प्राप्त कर पायेंगे, जिस पद को बड़े–बड़े तपस्वी भी प्राप्त नहीं कर पाते हैं। तो आईये इसका भी हम आपके सम्मुख उल्लेख करेंगे कि किस तरह से एक गृहस्थ जीवन में जीने वाली माँ जो केवल पुत्र प्रेम को जानती थी, किस तरह से वे ईश्वर पद को भी प्राप्त कर चुकी है ?

सांख्ययोग के महापण्डित कपिल मुनि जब अपने माँ को छोड़कर संन्यास धर्म की ओर जाने लगे तब कपिल मुनि की माँ बड़े ही कातर स्वर में कहने लगीं बेटा अब किसके सहारे जीऊँगी ? कैसे मैं जीवन बसर कर पाऊँगी ? तुम्हारे बिना मैं किस तरह से रहूँगी ? मैं तो तुमको ही लेकर दिन–रात जीती थी, जागती थी, सोती थी। पुत्र अब कैसे मैं जीवन को व्यतीत करुँगी ? कपिल मुनि ने माँ को समझाया। माँ को यह मोह जगत का उपदेश भी समझाया। साथ ही साथ में माँ को योग विद्या का ज्ञान भी दिया एवं उन्हें इसे करते रहने को भी कहा। इसके अलावा ध्यान का भी ज्ञान व उपदेश दिया। सब कुछ

अच्छे से समझा–बुझा कर कपिल मुनि संन्यास धर्म के लिए घर से माँ से विदा लेकर प्रस्थान किये।

कपिल मुनि के चले जाने के पश्चात् कपिल मुनि की माँ दुःखी रहने लगी। वह अपने पुत्र के याद में ही खोई–खोई सी रहने लगीं। अन्त में कपिल मुनि की माँ ने निश्चय किया कि वह अपने पुत्र के कहने के अनुसार ही ध्यान करेंगी। वह ध्यान में नित्य बैठने लगीं। ध्यान में बैठने पर भी वह अपने पुत्र मोह से मुक्त नहीं हो सकीं। निरन्तर ध्यान करने पर भी वह पुत्र के छवि को ही देखने लगीं थीं। वह पुत्र प्रेम से मुक्त न हो सकीं। तब वह अपने पुत्र का ही ध्याान करते–करते पुत्र मोह से माया की ओर उन्मुख होने लगीं। धीरे–धीरे वह इसी माया, वात्सल्य भाव रस की विश्व व्यापकता को प्राप्त कर सकीं। इस तरह से ईश्वर के परिपूर्ण विश्व प्रेम को प्राप्त किया। तदन्तर ईश्वर के दोनों रूप को भी बहुत कम समय में सहज रूप में प्राप्त किया।

मानव को पुत्र प्रेम ईश्वरी प्रेम पाने के लायक बना देता है। अतः तब ईश्वर के दोनों रूपों को पाना उसके लिए सहज हो जाता है। ऐसी ही कहानी माँ यशोदा की भी थी।

माँ यशोदा को जब विदित हुआ कि कृष्ण उनके पुत्र नहीं हैं, देवकी कृष्ण की माँ हैं। तब तो मानों उनके दिल में ही वज्राघात सा हुआ। वह इसे बर्दाश्त नहीं कर पा रही थीं। कृष्ण भी माँ यशोदा से विदा लेकर देवकी के पास चले गये थे। वहाँ पर मथुरा में जाकर कंस को मारना फिर अपने माता–पिता को कारागार से मुक्त कराना अनेकों कर्मों में व्यस्त हो गये थे। इधर निरन्तर दुःखी रहने के कारण यशोदा पागल सी रहने लगीं। कुछ समय बाद कृष्ण अपने गाँव में आये एवं घर में जाकर माँ यशोदा से भी मिले। उन्होंने अपनी माँ को बहुत समझाया एवं ज्ञान का उपदेश भी दिया। योग एवं ध्यान योग की जानकारी भी दी। मथुरा चलने के लिए भी कहा किन्तु माँ यशोदा ऐसा नहीं कर सकीं। वह मथुरा नहीं गयी। कृष्ण को मथुरा जाना पड़ा। कृष्ण के चलें जाने के पश्चात् माँ यशोदा ध्यान योग करने लगीं। ध्यान करने पर भी वह सदा कृष्ण को ही देखा करती थीं। वह कृष्ण से बेहद प्रेम करती थीं। यह प्रेम भले ही उनका मोह रूप में था किन्तु उस मोह में भी प्रबल माया, वात्सल्य प्रेम भी तो था। अतः निरन्तर कृष्ण का ध्यान करते–करते एक दिन वह मोहग्रस्तता से मुक्त हुयीं फिर शाश्वत वात्सल्य भाव रस में ही वह रमण करने लगीं। कालान्तर में धीरे–धीरे वह इसी शाश्वत प्रेम के विश्व व्यापकता को भी प्राप्त हुयी। इस तरह

से माँ यशोदा भी अपने पुत्र मोह के आधार पर ही ईश्वर की परिपूर्णता परिपूर्ण विश्व प्रेम को प्राप्त किया। जो धीरे–धीरे ईश्वर के दोनों रूपों को भी प्राप्त करने में सहज रूप से ही सफल हो सकीं हैं।

इस तरह से अनेकों कथाएँ हैं जो प्रमाण के रूप में हैं एवं एक मनोवैज्ञानिक आधार पर भी हम सभी को यह सोचने को बाध्य करेगा कि ईश्वर प्रेम को प्राप्त करने में हमारा पुत्र प्रेम भाव, हमारा पुत्र मोह भाव पूर्ण रूप से सहायक एवं सक्षम है।

सन्तान प्रेम इतना अधिक मधुर एवं मोहक होता है कि मानव इसके लिए अपना प्राण तक न्योछावर कर देता है। बाबर का इतिहास आपने सुना होगा। पुत्र हुमायूँ बीमार होने पर बाबर सदैव दुःखी रहता था। कोई भी दवा काम न करने पर बाबर ने स्वयं उसे ठीक करने का निश्चय किया। बाबर ने हुमायूँ के तीन चक्कर लगाये और कहा कि हमने ले लिया, ले लिया, ले लिया। इस तरह कहकर उन्होंने अल्लाह से प्रार्थना किया कि हे अल्लाह! मेरे बच्चे का मर्ज मुझे दे दे और मेरा जीवन उसको दे दे। इस तरह पुत्र हुमायूँ ठीक होने लगा और बाबर बीमार हुआ। अन्त में बाबर की मृत्यु हो गयी एवं हुमायूँ पूर्णरूप से स्वस्थ हुआ।

यहाँ पर आप यह महसूस कर सकते हैं कि बाबर के लिए यह पुत्र प्रेम कितना आकर्षक, मधुर एवं आनन्दमय रहा होगा। कितना अपनापन रहा होगा। जिसके लिए वह अपने सभी राजसी ठाट–बाट जीवन को भी त्याग करने के लिए सहर्ष उतावला हो उठा। यहाँ पर हमें यह इस प्रेम के अपनेपन एवं सर्वोच्च आनन्द की ओर ही दर्शाता है। आप राम की कथा भी जानते होंगे। भगवान राम के पिता राजा दशरथ किस तरह राम के वनवास चले जाने के बाद सदैव दुःखी रहने लगे थे। वे अपने पुत्र के मोह में निरन्तर दुःखी रहने लगे थे। हर पल, हर क्षण पुत्र को ही याद करने लगे। मन दुःखी था। अतः वे धीरे–धीरे कमजोर एवं बीमार हुये एवं पुत्र मोह की याद में ही अपना दम भी तोड़ दिया था।

पुत्र प्रेम बड़े–बड़े लोगों के लिए भी जब बहुत महत्वपूर्ण है, तब यह प्रेम हमारे आपके लिए महत्वपूर्ण क्यों नहीं होगा ?

माता–पिता पुत्र प्रेम का तो महत्व इतना अधिक दिखाया गया है कि श्रवण कुमार का नाम भी बड़े ही आदर के साथ ही लिया जाता है। श्रवण कुमार अपने माता–पिता से बेहद प्यार करते थे। अपने अन्धे

माता–पिता को अपन कंधे पर लादकर समस्त तीर्थ का दर्शन कराते थे। एक–एक तीर्थ का दर्शन कराने के उपरान्त एक दिन जंगल के रास्ते से वे गुजर रहे थे। सहसा उनके माता–पिता को प्यास लगी। अतः माता–पिता के लिए जल लाने के लिए दोनों को एक पेड़ के नीचे बैठाकर नदी की ओर गये। वहाँ पर एक कलश में नदी से जल को भरने लगे। कलश में जल भरने की आवाज को थोड़ी दूर पर शिकार में व्यस्त राजा दशरथ को यह आभास हुआ कि कोई जानवर या हिरण नदी में जल को पी रहा है। यह सोचकर उन्होंने शब्दभेदी बाण चला दिया। जिससे श्रवण कुमार घायल हुये। राजा को अपनी गलती का बहुत ही अफसोस हुआ उन्होंने उनसे क्षमा माँगी। श्रवण कुमार ने कहा, जो होना था वह तो हो गया। आप कृपा करके यह जल हमारे माता–पिता तक पहुँचा दीजिए। हमारे माता–पिता बहुत ही प्यासे हैं। यह कहकर श्रवण कुमार की मृत्यु हो गयी। राजा दशरथ ने श्रवण के माता–पिता को जल पिलाया एवं सभी आप बीती हुई बातों को बताया। यह सुनकर उनके माता–पिता का देहान्त हो गया था। मृत्यु होने से पहले उन्होंने राजा दशरथ को श्राप दिया था कि मेरी तरह आप भी पुत्र वियोग में मरेंगे। राजा दशरथ वापस अपने राज्य में लौट आये थे। राम का जन्म त्रेता युग में होने वाला था। द्वापर के बाद त्रेता युग आने का नियम था। राजा दशरथ का समय द्वापर युग का समय था।

किन्तु कहा जाता है कि श्रवण कुमार के माता–पिता के अभिशाप के कारण उनके अभिशाप को पूरा करने के लिए ही द्वापर युग से पहले ही त्रेता युग को आरम्भ किया गया। फिर राम का जन्म हुआ एवं राम के विरह में ही राजा दशरथ का पुत्र मोह में मृत्यु भी हुयी। उनके अभिशाप को पूरा करने के लिए ही इतना बड़ा कदम उठाया गया था। यह सभी श्रवण कुमार के माता–पिता का प्रेम ही था।

माता–पिता का प्रेम एवं पुत्र का प्रेम एक ही सिक्के के दो पहलू हैं। दोनों का एक ही भाव वात्सल्य भाव रस के आधार पर ही है। अतः इन दोनों भावनाओं के महत्व को स्थापित करने के लिए ही ईश्वर द्वारा युग बदलने का इतना बड़ा कदम उठाना पड़ा था। उससे भी यही सिद्ध होता है कि धर्म शास्त्रों के द्वारा भी प्रेम को बहुत ही महत्व दिया है। जिससे समस्त मानव इस समाज, इस भावना की तरफ निरन्तर आगे बढ़ें। इसी भाव से अपने जीवन संसार को सँवारें। क्योंकि मोह शायद झूठ के आधार पर हो सकता है किन्तु इस मोह भाव में बसी हुयी माया, वात्सल्य पूर्ण रूप से सत्य एवं शाश्वत है। इस शाश्वत प्रेम का त्याग नहीं किया जा सकता है। यह वात्सल्य रस ही ईश्वर का

द्वार एवं रास्ता भी है। हमें इसी रास्ते से आगे बढ़ना है। इसी रास्ते से ही आगे बढ़ते हुये ईश्वर तक सहज रूप में हम सभी को पहुँचना है। इससे सरल एवं सहज रास्ता व ज्ञान दूसरा इस सम्पूर्ण विश्व में भी नहीं है। अतः हम सभी निःसंदेह होकर इसी रास्ते को ग्रहण करें।

इस तरह मैंने यह दर्शन आपके सम्मुख स्पष्ट कर दिया कि सम्पूर्ण विश्व में केवल चार ही दर्शन हैं। इन चारो दर्शनों में प्रथम एवं द्वितीय दर्शन तो ईश्वर एवं भगवान का ही दर्शन है। तृतीय एवं चतुर्थ दर्शन ईश्वर या भगवान का दर्शन न होते हुये भी यह उनके अंश का ही भाग है। अतः यह दर्शन भी पूजनीय न होते हुये भी उनके करीब है। उनके बिल्कुल करीब होने के नाते यह दर्शन भी उनके ही करीब द्वार पर स्थापित करने योग्य है। उन्हें ऐसी जगह पर स्थापित करके सम्मान एवं आदर देना उनके अधिकार क्षेत्र में ही आयेगा। अतः हमने 'ईआलय' (परिपूर्ण विश्व प्रेम का घर) में प्रथम एवं द्वितीय दर्शन को स्थापित करने के साथ–साथ ही ईआलय के द्वार पर तृतीय एवं चतुर्थ दर्शन को स्थापित करने को निश्चय किया है। इस तरह से विश्व के सभी शाश्वत चार दर्शन को 'ईआलय' में स्थापित करके विश्व के सभी मानव को यह दर्शाता जायेगा कि सम्पूर्ण विश्व में मात्र चार ही दर्शन हैं। इसके अलावा दर्शन की कल्पना भी नहीं कर सकते हैं। केवल 'ईआलय' में ही आपको चारो दर्शन के संकेत एवं उल्लेख मिलेंगे। अतः यह 'ईआलय' एक सम्पूर्ण पूजा एवं आराधना का स्थल माना जायेगा।

विश्व के प्रत्येक धर्म दर्शन पुस्तक में इस दर्शन पुस्तक में इस दर्शन के अलावा जिस विषय का भी उल्लेख किया गया है वह दरअसल में दर्शन नहीं है। दर्शन ईश्वर या भगवान को देखने को कहते हैं। अर्थात् क्या आपने भगवान या ईश्वर को देखा ? फिर क्या देखा आपने ? कैसा है भगवान या ईश्वर का रूप, भाव रूप यह सभी ईश्वर के दर्शन में आता है। इस तरह आप दर्शन से जान पाते हैं कि कौन है ईश्वर या भगवान ? अतः उन्हें जानना, समझना, पाना, उनमें डूबना, रमण करना, उनका महत्व जानना इस तरह उनके बारे में सबकुछ जानना एवं प्राप्त करना ही दर्शन है।

हम उन्हें किस तरह से प्राप्त करें ? कैसे उनके पास पहुँच सकें ? कैसे हम उन्हें जान सकें ? यह सभी बातें दर्शन नहीं हैं। हाँ यह हो सकता है कि उन्हें पाने के लिए उन्हें जानने के लिए यह रास्ते हैं। यही रास्ते ही रीति–रिवाज होते हैं किन्तु यह रीति–रिवाज दर्शन नहीं हैं। दर्शन सिर्फ वह है जिन्हें हम जानना चाहते हैं। जिन्हें हम पाना

चाहते हैं। जिन्हें हम देखना चाहते हैं। अतः किसी धर्म में रीति–रिवाज का उतना महत्व नहीं होता, जितना महत्व दर्शन का होता है। अगर आप भगवान एवं ईश्वर के दर्शन को भली–भाँति से जान गये हैं, समझ गये हैं कि वह कौन है ? क्या है ? क्यों है ? तब आप उन तक पहुँचने के लिए स्वयं अपना रास्ता बनाने के लिए सक्षम हो जायेंगे। तक आप किस भी रीति–रिवाज के मोहताज नहीं रहेंगे। आप स्वयं में यह निष्कर्ष निकाल पायेंगे कि कैसे आप सरल से सरल ढंग से उन्हें प्राप्त कर सकते हैं ?

मैं एक सरल सा दृष्टांत देकर समझाता हूँ कि आप को विश्व के किसी जगह में किसी एक शहर में ही अगर जाना है, वहाँ आपको पहुँचना है। निश्चय ही आप तब उस शहर के बारे में जानेंगे। शहर किस देश में, कहाँ पर है ? कैसा शहर है ? शहर की सभी बातों को आप जब पूरी तरह से जान नहीं जायेंगे, तब आपको वहाँ तक पहुँचने में सरलता एवं आसानी भी होगी। क्योंकि आप जानते हैं कि आपको कहाँ पर पहुँचना है। अतः फिर आप स्वयं ही निष्कर्ष निकालने में सक्षम हो जायेंगे कि आप उस स्थान पर कैसे पहुँचे। उस स्थान पर पहुँचने के लिए एक नहीं अनेक रास्ते हो सकते हैं। तब आप ही यह निष्कर्ष निकालने में सक्षम रहेंगे कि आप किस रास्ते वहाँ पर पहुँचे। कौन सा रास्ता आपके लिए सरल या अच्छा होगा यह आप स्वयं दूसरे से भी अधिक समझ पायेंगे।

अतः मेरा कहना यह है कि लक्ष्य तो मेरा वह स्थान है, वह शहर है, वहाँ पर पहुँचने का रास्ता मेरा लक्ष्य नहीं है। हमें सिर्फ शहर दर्शन करना है। उसे देखना है। अतः ईश्वर या भगवान को देखना ही मात्र दर्शन है। रीति–रिवाज रास्ते हो सकते हैं, लक्ष्य नहीं। वह शहर नहीं, वह दर्शन नहीं। शहर पहुँचने पर, शहर को देखने के बाद वे सभी रास्ते स्वयं छूट जाते हैं। ईश्वर एवं भगवान को पाने पर या उनका दर्शन पाने पर ये सभी रीति रिवाज उस रास्ते ही भाँति छूट जाते हैं। अतः रीति–रिवाज को आप दर्शन समझने की भूल हरगिज न करें।

हमारे धर्म पुस्तकों में रीति–रिवाज के अलावा भी कुछ ज्ञान की बातों का भी उल्लेख किया गया है। इन ज्ञान की बातों को भी हम लोगों ने इसे धर्म से जोड़ा है। इन सभी ज्ञान की बातों को भी आप भूलकर भी दर्शन न समझ बैठें। क्योंकि यह रीति–रिवाज की तरह हमें सिर्फ रास्ते बतलाते हैं। यह सभी ईश्वर दर्शन नहीं है। इन्हें धार्मिक रीति–रिवाज से अलग रखा है। योग, सांख्य योग, आसन, ध्यान, लीन,

समाधि, उपासना, भक्ति यह सभी केवल लक्ष्य को पाने के लिए या ईश्वर व भगवान का दर्शन पाने के लिए मात्र एक साधना है। अर्थात् साधना भी एक रास्ता ही है, ईश्वर को पाने के लिए समझने के लिए न कि वह स्वयं में ईश्वर दर्शन है। यह सभी बातें ईश्वर तक पहुँचने के लिए रास्ते का ज्ञान है न कि यह ज्ञान ईश्वर का ज्ञान है। न ही यह ईश्वर का दर्शन है। अतः इन सभी को भी आप ईश्वर का दर्शन समझने की भूल न करें। ईश्वर व भगवान का दर्शन तो केवल सम्पूर्ण विश्व में चार ही है। इसके अलावा पाँचवा हो भी नहीं सकता है।

अतः विश्व के सम्पूर्ण धर्म पुस्तकों में आप इन चारो दर्शन के अलावा अनेक प्रकार की साधना एवं रीति–रिवाज भी पायेंगे। साधना या रीति–रिवाज ईश्वर तक पहुँचने के मात्र रास्ते को चुनने के लिए स्वतंत्र है। आप इन्हीं रीति–रिवाज एवं साधना में से एक रास्ते को अपनी सुविधा एवं सरलता के अनुसार अपना सकते हैं। इसके अलावा भी आप स्वयं अपने ढंग का रास्ता ढूँढ सकते हैं, अगर आप ईश्वर के दर्शन को कम से कम पुस्तकीय ज्ञान के माध्यम से समझ चुके हैं। यह पुस्तक ईश्वर के पुस्तकीय ज्ञान को सदैव ही पूर्णता के रूप देती रहेगी। यही सोचकर ही मैंने इस पुस्तक की रचना की है।

आईये अब हम इन रीति–रिवाजों में कुछ अच्छे रीति–रिवाज एवं कुछ बुरे रीति–रीवाजों का उल्लेख करें। जिससे सम्पूर्ण मानव समाज भी अच्छे रीति–रीवाजों का पालने करें एवं कुरीतियों को समाप्त कर एक आदर्श मानव समाज को स्थापित कर सकें। एक आदर्श मानव समाज जो हम सभी को ईश्वर की तरफ ले जाता हो, स्थापित करना प्रत्येक मानव का कर्त्तव्य है एवं समाज के प्रति उसका प्रेम भी है।

रीति रिवाज एवं कुरीतिया :–

जितने भी रीति–रिवाज हैं वह सभी ईश्वर, भगवान तक पहुँचाने के लिए बने हैं। इसके साथ ही साथ इस बात का भी ध्यान रखा गया है कि मानव समाज में हमारे पड़ोसी, बन्धु बान्धवों एवं सभी मानव पर इन रीति–रिवाजों से कोई कष्ट न पहुँचे। सम्पूर्ण मानव समाज में प्रेम, सौहार्द की भावना ही पनपे। हिंसक भावनाएँ मानव में समाप्त हो एवं भाईचारा का माहौल मानव समाज में बने, उभकर पनपे। अगर रीति–रीवाज ऐसी ही बनायी गयी हैं तो यह मानव समाज के लिए महत्वपूर्ण एवं सौभाग्यशाली होगा। लोग शान्ति के साथ बसर करते हुये ईश्वर के लाभ की तरफ निरन्तर अग्रसर होते रहेंगे। किन्तु ऐसी रीति–रीवाज जो हमें एवं हमारे समाज को ही एक हिंसक वातावरण की

तरफ ले जाता हो। इसके साथ ही साथ यह रीति–रीवाज मानव समाज में दूसरे लोगों को, पास पड़ोसियों को कष्ट देने लगे, उनके जीवन में ही व्यवधान उत्पन्न करने लगें सम्पूर्ण मानव या किसी एक समुदाय को ही उन्नति की दिशा से पीछे ढकेलने लगें सिर्फ अन्धविश्वास के आधार पर अपने अहं की संस्तुष्टि करें, दूसरो को पिछड़ेपन का बोध करायें, ऐसी रीति–रीवाज निश्चय ही मानव समाज के लिए घातक होंगे। इसे हम सभी लोगों को जहाँ शीघ्र से शीघ्र हो सके विरोध करके समाप्त करना चाहिए, अन्यथा यह कुरीतियाँ मानव समाज में अशान्ति एवं कलह को बढ़ावा देती रहेंगी ही, साथ ही साथ दूसरे अन्य समुदाय के लोगों के प्रति अन्याय भी बना रहेगा। जो एक सत्यकर्मी के लिए बर्दाश्त करना मुश्किल सा होगा। अतः यह उचित होगा कि सभी लोग मिलकर समय रहते इसका उचित समाधान सोचें एवं इन कुरीतियों को समाप्त करने की कोशिश करें। हमारे समाज में बहुत सी कुरीतियाँ आज भी विद्यमान हैं, जिसको समाप्त करना प्रत्येक मानव का दायित्व तो बनता ही है साथ ही सरकार को भी इन कुरीतियों को समाप्त करने के लिए उचित कदम उठाना चाहिए। यह सभी कुरीतियाँ हो सकता है कि किसी समय जरूरी था या उस समय के माहौल के अनुसार उचित था, किन्तु आज वह माहौल नहीं है, वह समाज भी नहीं है। लोकतन्त्र के इस युग में पहले का सभी माहौल ही बदल चुका है। अतः माहौल के अनुसार बनाये गये रीति–रीवाज को अब उचित होगा कि यह रीति–रीवाज अब आज के माहौल के मद्देनजर रख कर ही बनायी जायें। तभी हम एक समस्त रीति–रीवाज को स्थापित कर पायेंगे। जो सर्वदा एवं सामाजिक, सांस्कृतिक एवं मनोवैज्ञानिक आधार पर ही होगा। यह आधुनिक रीति–रीवाज हमें ईश्वर की तरफ तो सरल भाव से ले जायेगा साथ–साथ यह सम्पूर्ण मानव समाज में शान्ति एवं एक मधुर सम्बंध स्थापित करेगा। इन्हीं कुरीतियों की तरफ हम आपका संक्षिप्त में ध्यान आकर्षित कराना चाहते हैं।

1. बाल विवाह बन्द हो।

2. शिक्षा के क्षेत्र में धर्म एवं रीति–रीवाज न हो।

3. तीन तलाक बन्द हो।

4. धर्म के नाम पर किसी भी वस्त्र पहनावे को न थोपा जाय।

5. धर्म के नाम ध्वनि प्रदूषण बन्द हो।

6. राजनीति की ही तरह धर्म में भी नारी एवं पुरुष के समान अधिकार हो।

7. धर्म के नाम से जीव हत्या बन्द होना चाहिए।

8. सन्तान उत्पत्ति धार्मिक विषय नहीं है। इसे सामाजिक विषय माना जाये।

9. शरीर के किसी भी अंग को काटकर इसे धर्म से जोड़ना बन्द हो।

10. सती प्रथा बन्द हो।

11. शरीर के किसी अंग से भी धर्म व ईश्वर से न जोड़ें।

12. धर्म को ईश्वर या किसी भी भाषा जाति, वर्ण, देश से न जोड़ें।

13. धर्म व ईश्वर के आधार पर सम्पूर्ण मानव समाज को न बाँटा जाये।

14. धर्म व ईश्वर के नाम किसी भूखण्ड पर आधित्पय जताना बन्द हो। किसी भूखण्ड को बाँटना भी बन्द हो।

15. धर्म व ईश्वर प्रत्येक देश से भी अधिक महान है। यह विश्व के सम्पूर्ण देश की, सम्पूर्ण मानव समाज से छत्र–छाया देता है। इसे परिपूर्ण विश्व प्रेम के रूप में प्रत्येक देश के सरकार को मान्यता देना चाहिए।

16. धर्म व ईश्वर से सम्बन्धित कुछ मतभेद के कारण गुट में बँट जाना बन्द हो।

17. धार्मिक प्रतीकों को सीमित दायरे में प्रयोग न किया जाये, क्योंकि यह प्रतीक विश्व व्यापकता का प्रतीक है। इन्हें सीमित दायरे में नहीं बाँधा जा सकता है।

हमने कुरीतियों को आपके सम्मुख संक्षिप्त रूप से रखा है। इन कुरीतियों को अगर समाज में समाप्त कर दिया जाये, तब हमारे जीवन में छोटे–छोटे मतभेद भी पूर्णरूप से समाप्त जो जायेंगे एवं हमारा मानव समाज सुखी व शान्ति से वास करेगा।

आईये हम कुछ रीतियों का भी उल्लेख करें। धर्म के कुछ रीति–रिवाजों के छोड़कर प्रायः सभी रीति–रिवाजों से किसी भी मानव समाज को ईश्वर की तरह ले जाने में सहायक होता है। साथ ही साथ इन रीति–रिवाजों को अवश्य ही बढ़ावा दे सकते हैं क्योंकि उनका यह क्रिया–क्रर्म उन्हें ईश्वर तक पहुँचाने में सहायक बन सकते हैं। कुछ ऐसे अच्छे रीति–रीवाज में कभी–कभी अत्यधिक ध्वनि प्रदूषण के कारण हम मानव आपस मे उलझ पड़ते हैं। अतः ऐसे ध्वनि प्रदूषण की तरफ सभी को ध्यान देना चाहिए। हम सभी को इस बात का ध्यान रखना चाहिए कि पूजा–पाठ या मस्जिद में जोर–जोर से बाग देना यह सभी प्रचार–प्रसार के लिए नहीं किया जाता है। वरन् यह एक सच्चे रूप में पूजा एवं आराधना का विषय है। जिसे सिर्फ अपने कल्याण के लिए किया जाता है।

हम अल्लाह को बाग इसलिए देते हैं क्योंकि अल्लाह सम्पूर्ण विश्व में व्याप्त है, उन्हें हम सभी अपनी आवाज में समाहित करते हैं। सम्पूर्ण विश्व व्यापकता नूर को अपने गले की आवाज से आत्मसात करने की कोशिश करते हैं। सम्पूर्ण विश्व व्यापकता भाव को हम जोर–जोर से आवाज लगाकर ही प्राप्त करना सीखते हैं। अतः यह अल्लाह की अनुभूति को प्राप्त करने का एक सरल सा साधना है, जिसे रोकना उचित नहीं है। हाँ इसे स्वयं के लिए ही किया जाये तो अच्छा है। इस आवाज को प्रचार–प्रसार का साधन न बनाया जाये अन्यथा यह आपके लिए एवं समस्त मानव समाज के लिए भी लाभान्वित नहीं होगी।

ठीक इसी तरह मन्दिर में बजने वाला घण्टा एक अन्य वाद्य यन्त्र को प्रचार–प्रसार का साधन न बनायें। इस आवाज को मधुर, कंठप्रिय बनाकर ही प्रस्तुत करें, तभी आप सभी भक्ति का यथा उचित लाभ प्राप्त कर सकते हैं, अन्यथा भक्ति, नम्रता, कोमलता की जगह आप क्रूरता को ही ग्रहण करेंगे, जो ईश्वर पाने का बिल्कुल ही विमुख रास्ता होगा।

अतः बहुत सी बातें ऐसी होती है जिसके सामान्य अर्थ को हम सभी समझ नहीं पाते हैं और इसी मतभेद के कारण हम आपस में ही लड़ते हैं।

धार्मिक भावना से प्रेरित दाढ़ी बढ़ाना भी एक धार्मिक विचार धारा है। जिसका एक सामान्य सा अर्थ है कि हम सभी को दाढ़ी की तरह ही झुककर चलना चाहिए अर्थात् जीवन में नम्रमा से समाहित करें। समाज में नम्रता को स्थान दें। इसी तरह सिर पर रुमाल रखकर

उपासना करना, या मन्दिर–मस्जिद में जाने का अर्थ नम्र होकर या झुककर जाना होता है। झुकना, नम्रता या धर्म व ईश्वर का पहला रास्ता है। इसके बिना हम जीवन में कुछ भी प्राप्त करना बहुत ही मुश्किल कार्य है। अतः जीवन में इस तरह से यह हमें सदा संकेत करता है कि सर्व प्रथम हम सभी को अपने जीवन में नम्रता को लाना होगा। नम्रता को अपनाना होगा। नम्रता को स्थान देना होगा, तभी हम सभी धर्म व ईश्वर के राह पर आगे बढ़ सकते हैं। तभी हम सभी इसी रास्ते से आगे बढ़कर ईश्वर को प्राप्त कर सकते हैं। इस तरह से हम अच्छी बातों को जो हमारे रीति–रीवाज में शामिल हैं, उसे समझकर, जानकर व्यवहार में ला सकते हैं। मानव को अन्धविश्वास में नहीं जीना चाहिए। उसके रसस्यों के बारे में अवश्य ही चिन्तन–मनन करना चाहिए। तभी हम सभी एक प्रकाश युक्त रास्ते से ईश्वर की ओर अग्रसर होते रहेंगे। तभी हम सभी आपस में मतभेद को भी मिटा पायेंगे, जो हमारे–आपके अज्ञानता वश ही निर्मित है।

वैदिक पूर्वजों के अनुसार साकार पूजा का विधान है। यह पूजा पहले मूर्ति पूजा के रूप में विकसित नहीं हुई थी। शिव लिंग की पूजा का विधान था। शिव लिंग ईश्वर का साकार रूप का प्रतीक चिह्न है। यह कोई मूर्ति रूप नहीं है। हमने पहले ही बता दिया है कि शिव लिंग की पूजा करने पर सम्पूर्ण विश्व के सभी साकार ईश्वर की पूजा हो जाती है। अतः कालान्तर में उन्हीं के सिद्धान्त के अनुसार ही एक–एक साकार ईश्वर की पूजा का भी आरम्भ हुआ है। अतः उन्हीं साकार ईश्वर के रूप स्वरूप के अनुसार ही मूर्ति को बनाया गया एवं उसे मन्दिर में स्थापित किया गया। इस तरह से मूर्ति पूजा भी एक सैद्धान्तिक पूजा है। जिसको सभी धर्मों ने अपने पुस्तकीय धर्म के आधार पर स्वीकार किया है। मूर्ति पूजा में अवश्य होना चाहिए कि वह मानव मन परिपूर्ण विश्व प्रेम से युक्त होना चाहिए। उसका मन, बुद्धि सदा परिपूर्ण विश्व प्रेम में डूबा रहना चाहिए। ऐसा मानव चाहे शिव हो, चाहे विष्णु या कृष्ण या ईसा, बुद्ध या वह मानव जिसको अल्लाह ने कहा है। मैंने इसमें अपना पूर्ण नूर भर दिया। अतः यह मेरे समान ही महान एवं पूजा के योग्य है या वह आद्याशक्ति वह आदिशक्ति जगतमाता माँ जननी, योगमाया देवी हो। हम सभी को ईश्वर के साकार रूप में उन्हें अवश्य स्वीकार करना चाहिए।

कब से शुरू हुआ ? यह चारो दर्शन :–

चारो दर्शन को जानने, समझने के बाद यह बात सहज रूप में सभी लोगों के मन में आती है कि यह चारो दर्शन कब से आरम्भ हुये हैं। किसने आरम्भ किया है या यह स्वतः आरम्भ हुआहै। विश्व के सम्पूर्ण धार्मिक पुस्तकों का अध्ययन करने से ही यह जानकारी प्राप्त हो सकती है। एकमात्र वैदिक, पौराणिक पुस्तकों को छोड़कर विश्व के सभी धर्म पुस्तकों का आरम्भ काल एक निश्चित समय में हुआ है। जिसकी जानकारी इतिहास से ही प्राप्त हो जाती है।

इतिहास के अध्ययन के अनुसार ईसाई धर्म, इस्लाम धर्म एवं बौद्ध धर्म का आरम्भ करीब क्रमशः इक्कीस सौ वर्ष, चौदह सौ वर्ष एवं लगभग छब्बीस सौ वर्ष है। ऐसे इन सभी धर्मों का उदय काल तो अधिक समय से नहीं है किन्तु उनके धार्मिक पुस्तकों में ईश्वर के बारे में यह अवश्य स्पष्ट किया गया है कि ईश्वर के ज्ञान का आरम्भ अनादिकाल से ही चला आ रहा है। ईश्वर ही प्रथम थे इस ज्ञान को आरम्भ करने के लिए किन्तु यह ईश्वर कब हुये हैं ? वह कौन सा काल, समय था ? जब ईश्वर ने अपना ज्ञान लोगों के सामने आरम्भ किया था। इन सभी बातों का उल्लेख कहीं देखने को नहीं मिलता है। कोई भी ज्ञान चाहे वह किसी तरह का क्यों न हो, किसी–किसी मानव के द्वारा ही आरम्भ होता है। स्वतः यह ज्ञान खुद आरम्भ नहीं होता है। सर्वप्रथम किसी न किसी मानव मस्तिष्क में यह ज्ञान उतरता है तत्पश्चात ही यह ज्ञान उसके मन, मस्तिष्क से निकल कर समाज के बीच आता है। फिर समाज को जब उचित एवं सत्य प्रतीत होता है, यह ज्ञान तब धीरे–धीरे यह सम्पूर्ण मानव समाज में फैल जाता है। अतः यह ज्ञान की उत्पत्ति भी किसी न किसी मानव मन, मस्तिष्क की ही देन होगा। उस मानव को लोगों ने ईश्वर से ही सम्बोधित किया होगा। उसे ईश्वर के नाम से जाना गया है। क्योंकि उन्होंने ही प्रथम ईश्वर के ज्ञान को लोगों के बीच में रखा था। उस ज्ञान को मानव समाज में प्रचार–प्रसार भी किया होगा। अक्सर यही होता कि जो जिस ज्ञान के संदेश को देना आरम्भ करता है एवं उसका प्रचार–प्रसार करता है, उसका परिचय भी लोग उसी ज्ञान के नाम से करने लगते हैं। अतः यह स्वाभाविक सा जान पड़ता है कि ईश्वर नाम का मानव ही ईश्वर ज्ञान का प्रथम प्रचारक है। लोगों ने उस ज्ञान के आधार पर ही उनका नाम भी रख दिया था। इस तरह से सभी धर्म पुस्तकों के आधार पर यह बात तो समझ में आती है कि ईश्वर मानव ही इस

ईश्वर ज्ञान का आरम्भ किया था किन्तु इसे अनादि काल से सम्बोधित करने के कारण उनके समय काल निर्धारित न हो सका है।

वैदिक एवं पौराणिक धर्म पुस्तक को छोड़कर विश्व के समस्त धर्म पुस्तकों का अध्ययन करने के बाद भी इससे अधिक की जानकारी नहीं प्राप्त हो सका है। अतः इस विषय पर वैदिक एवं पौराणिक धर्म पुस्तकों का अध्ययन करना एवं उनकी विवेचना, समीक्षा करना, शोध करना अति महत्वपूर्ण होगा।

पौराणिक कथाओं के अनुसार सृष्टि के आरम्भ में ब्रह्मा, विष्णु एवं शिव का जन्म हुआ था। इनका जन्म गोलोग वासी जगत जननी आदि शक्ति माँ ने किया था। माँ आदि शक्ति ने ही सम्पूर्ण विश्व के सम्पूर्ण लोक को दिखाने के लिए मन के वेग से उड़ने वाली जहाज को भेजा था। उस जहाज पर बैठकर वे तीनों ब्रह्म, विष्णु, शिव ने सम्पूर्ण लोक को देखा था। उन्होंने तब सम्पूर्ण ब्रह्माण्ड का भ्रमण करे हुये अनेक ब्रह्मलोक, विष्णुलोक, शिवलोक एवं अनेक इन्द्र लोक को देखा था। तत्पश्चात वे अन्तिम लोक गोलोक गये थे। वहाँ पर जगत जननी आदि शक्ति माँ ने क्रमशः ब्रह्माणी, लक्ष्मी एवं काली देवी को उनके साथ–साथ भेजा एवं कहा कि जाओ अब तुम तीनों ही मिलकर संसार का सृष्टि, पालन एवं संहार करो। माँ आदिशक्ति ने कहा था कि समस्त जगत के लोकों को मैं ही संचालित करती हूँ। मैं ही आदि, मध्य एवं अन्त हूँ। मेरे द्वारा ही जगत्, ब्रह्माण्ड संचालित होते हैं।

इस तरह की कथा से यह ज्ञात होता है कि ब्रह्मा, विष्णु शिव के इस रूप में उत्पन्न होने से पहले भी अनेक लोक में ब्रह्मा, विष्णु एवं शिव रूप में जन्म ले लिये थे। हम सभी जिस ब्रह्मा, विष्णु, शिव की कथा को पढ़ते हैं, वह एक नूतन लोक की कथाएँ हैं। इससे पूर्व भी अनेक ब्रह्मा, विष्णु, शिव एवं इन्द्र भी अनेक लोकों में जन्म ले लिये थे। जिनकी कथाएँ हम सभी को ज्ञान भी नहीं हैं। अतः इस कथा से तो यही ज्ञात होत है कि जो धरती पर मानव एवं समस्त जीवों को दोबारा जन्म दिया गया है। यह जन्म इससे पूर्व भी अन्यत्र किसी लोक में भी किया जा चुका था। यह कोई पहला सृष्टि काल नहीं था। सृष्टि का आरम्भ तो दूसरे लोकों से आरम्भ हो चुका था। अतः ईश्वर का जन्म निश्चय ही सृष्टि के आरम्भ काल से पहले का होगा। सम्पूर्ण विश्व में जीव एवं मानव जाति को दोबारा फिर से जन्म दिया गया है। यह दोबारा जन्म जीव एवं मानव में विकास एवं माया को बढ़ाने के लिए ही किया गया है। विश्व के समस्त लोकों में ब्रह्मा, विष्णु एवं शिव के

माध्यम से सृष्टि को उत्पन्न, पालन एवं संहार किया जाता है किन्तु समस्त लोकों के पीछे आदिशक्ति जगत जननी माँ ही संचालित करती हैं। आदिशक्ति माँ को ही योगमाया माँ भी कहा गया है। क्योंकि सम्पूर्ण जीव, मानव में माया को बढ़ाने के लिए ही उन्होंने मोह पैदा करके सम्पूर्ण विश्व में सृष्टि किया था।

अतः इस तरह की सृष्टि करने में जगत जननी आदिशक्ति का ही हाथ है। अतः आदिशक्ति सृष्टि के पहले भी थीं। यह लोक सर्वोच्च लोक के रूप में जाना जाता है। सबसे ऊपर का लोक अर्थात् सातवें आसमान का लोक भी आप उसे ही कह सकते हैं।

यहाँ पर जन्म–मरण की कोई भी समस्या नहीं है। अतः यह लोक सभी सुखों से युक्त, शान्ति एवं परिपूर्ण विश्व प्रेम से युक्त है। अल्लाह ने भी जैसा कहा है कि मैंने इसमें अपना पूर्ण नूर भर दिया है। अतः यह मानव मेरे समान ही पूजनीय है। मैंने इन्हें सातवें आसमान पर बैठाया है। अतः ऐसा विदित होता है कि यह गोलोक धाम ही सातवाँ आसमान का लोक होगा, जहाँ के मानव परिपूर्ण विश्व प्रेम से ओत–प्रोत हैं। वहाँ के सभी मानव अल्लाह, ओम या निराकार गॉड के परिपूर्ण नूर से युक्त हैं। डूबे हुये हैं।

इस तरह से मात्र इसी लोक के मानव ने ही अल्लाह के परिपूर्ण नूर को प्राप्त किया है। अतः इसी लोक के मानव में ही कोई मानव इस ईश्वर ज्ञान का प्रथम आरम्भ किया होगा। क्योंकि दूसरे मानव के लिए यह ज्ञान स्वतः अर्जित करना सम्भव नहीं था। इस तरह से यह ज्ञात होता है कि ईश्वर ज्ञान का आरम्भ सातवें आसमान के किसी मानव ने ही आरम्भ किया था। अतः इसलिए इन्हें आदिशक्ति से भी सम्बोधित किया है।

वेदों एवं पुराणों के माध्यम से भी यह बतलाया गया है कि सर्वप्रथम आदिशक्ति से ही तीन प्रकाश का जन्म हुआ है। यह तीन प्रकाश ही दरअसल में ब्रह्मा, विष्णु एवं शिव के रूप में थे। यह तीन दर्शन ही मूल दर्शन हैं। इन तीनों की उत्पत्ति का कारणकर्त्ता आदिशक्ति जगत जननी थीं। अतः ईश्वर के ज्ञान का आरम्भ भी आदिशक्ति ही मानी जा सकती हैं, ऐसा धर्म के संकेत से ही ज्ञात होता है।

तीनों दर्शन को प्राप्त करने के रास्ते के रूप में ही चौथा दर्शन का आरम्भ भी आदिशक्ति माँ के अवतरित रूप में माँ पार्वती ने किया

था। जो गणेश के रूप में स्थापित हुआ था। किन्तु गणेश` जन्म होने से पहले भी इनके महत्व, ज्ञान, दर्शन को आदिशक्ति माँ जानती थी। अतः तभी तो उन्होंने इसी दर्शन के आधार पर ही सम्पूर्ण विश्व में सृष्टि को आरम्भ किया था। इस तरह वह ज्ञान की देवी के साथ–साथ सम्पूर्ण विश्व में सृष्टि करके जीव एव मानव को ईश्वर की परिपूर्णता की तरफ ले जाने लगी। इस तरह से सम्पूर्ण विश्व को माया का ज्ञान लिखित एवं रचनात्मक रूप में अनुभूति को बढ़ाते हुए प्रेम की परिपूर्णता की तरफ गतिमान करने लगी है।

अतः आदिशक्ति ही इन चारो दर्शन की प्रथम ज्ञाता थीं। व ईश्वर के साथ–साथ समस्त विश्व एवं ब्रह्माण्ड की प्रथम विश्व गुरु भी थी।

वह एकमात्र ऐसी गुरु हैं, जो इन चारो दर्शन को समस्त लोकों में उतारी हैं। इसके साथ ही मोह से सृष्टि की उत्पत्ति कर प्रत्येक जीव–मानव को ईश्वर के करीब ला दिया है। यह माया की प्रायोगिक ज्ञान, अनुभव को सर्वत्र जीव के लिए सुलभ एवं सरल बना दिया है। इससे सुन्दर, अच्छा ज्ञान दूसरा सम्पूर्ण जगत में हो ही नहीं सकता है। अतः आदिशक्ति ही गुरुओं की भी गुरू है। आदिशक्ति ही ईश्वर में भी आदि साकार ईश्वर है। जो सर्वदा सभी के लिए पूजनीय हैं।

निष्कर्ष :–

इस विषय पर सभी कुछ जान लेने के बाद आप स्वयं समझ सकते हैं कि आज का मानव समाज किस तरह से अज्ञानता में डूबा हुआ है। वह इतना अधिक इस अज्ञानता, मतभेद, अन्धविश्वास में डूबा हुआ है जो उसे दूसरे की अच्छाई भी बुराई समझ में आने लगा है। वह अपने अज्ञानता के साथ–साथ भय से भी ग्रसित है कि उसके बीच कहीं कुछ अनहोनी न घट जाये। उनके अज्ञानता को दूर करने के लिए ही एवं उनके जीवन में एक ज्ञान ज्योति को जलाने के लिए ही मैंने यह पुस्तक इस तरह से लिखी है, जिससे समस्त मानव जगत इसे एक सरल एवं सहज ढंग से समझ सकें।

अगर किसी भी मानव के सामने विश्व के सम्पूर्ण धर्म पुस्तक को रख दिया तो यह पूर्ण निश्चित है कि उसका मन–मस्तिष्क भ्रमित हो जायेगा। वह धर्म के किसी भी निष्कर्ष पर पहुँच ही नहीं पायेगा। ऐसी स्थिति को जानकर ही मैंने समस्त विश्व के धर्म पुस्तक के आधार पर ही निष्कर्ष निकाल कर यह पुस्तक "सम्पूर्ण विश्व में केवल चार दर्शन है" लिखा है। यह पुस्तक मानव को धर्म में भ्रमित हुये लोगों को सम्पूर्ण

रास्ता दिखलायेगी, साथ ही साथ सम्पूर्ण विश्व में धार्मिक मतभेद को भी सदा के लिए समाप्त कर देगी। पुस्तक को पढ़कर मानव में धर्म ज्ञान की पिपासा तो मिटेगी ही इसके साथ उसके मन में समस्त धर्म के प्रति श्रद्धा भाव भी बढ़ेगा। क्योंकि उसे यह ज्ञात हो जायेगा कि समस्त विश्व के धर्म पुस्तक में इन्हीं चार दर्शनों का ही समावेश किया गया है। इन चार दर्शनों के अलावा सम्पूर्ण विश्व में पाँचवाँ दर्शन है ही नहीं। न ही इसकी कल्पना ही की जा सकती है। इस तरत भ्रमित ज्ञान पिपासु वालों के लिए मैंने सिर्फ चार दर्शन बताकर इसे सरल एवं सहज बनाने की चेष्टा किया है। मानव इन सभी चार दर्शन को अच्छी तरह समझ लेने पर वह मानव मतभेद से तो दूर होगा ही साथ ही साथ ज्ञान के सही मार्ग पर अग्रसर होकर अपना एवं दूसरे मानव का भी कल्याण करता रहेगा। उसे उसका रास्ता स्पष्ट दिखायी देगा। वह ज्ञान के रास्ते में भटक नहीं जायेगा। धर्म अन्धविश्वास विषय नहीं रह जायेगा।

धर्म एक विज्ञान एवं मनोविज्ञान, सामाजिक ज्ञान है यह भी पूर्णरूप से स्पष्ट हो जायेगा। अतः यह पुस्तक का ज्ञान जितना आस्तिक के लिए लाभकारी होगा, उससे भी कहीं ज्यादा लाभ यह पुस्तक ज्ञान नास्तिकों के लिए भी होगा। नास्तिक भी तब नास्तिक बनकर अपने जीवन को सुन्दर एवं आनन्दमयी बनाने में अग्रसर होने लगेंगे। समस्त संसार में एक भाईचारा का भी आरम्भ होगा। समस्त मानव संसार का ज्ञान अंधकारमय नहीं रहेगा। उसका ज्ञान अब एक खुली किताब की तरह होगा। जिसे प्रत्येक व्यक्ति पढ़कर सरल एवं सहज ढंग से समझ सकता है। साथ ही साथ अपना एवं विश्व के समस्त मानव के लिए कल्याण कर सकता है।

सभी मानव सच्चे मार्ग की तरफ बढ़ेंगे। यही मेरे पुस्तक लिखने का उद्देश्य था। यही मेरी इच्छा है कि अब विश्व के सम्पूर्ण मानव अर्थात् विश्व के प्रत्येक मानव धर्म व ईश्वर के सम्पूर्ण ज्ञान विषयों से अवगत हो जायें। यही मेरा उद्देश्य है, यही मेरी पुस्तक का भी अभिप्राय है। इस पुस्तक के अलावा मैंने दो पुस्तक और लिखा है 'परिपूर्ण शाश्वत प्रेम दर्शन' एवं दूसरी पुस्तक 'मानव समाज का फैसला' है। सम्पूर्ण विश्व में केवल चार दर्शन हैं, यह मेरे धर्म दर्शन की तीसरी पुस्तक है।

मेरा पूर्ण रूप से अडिग विश्वास है कि मेरी यह तीनों पुस्तक सम्पूर्ण विश्व को एक सुखद एवं शान्तिमय, ज्ञानयुक्त संसार की ओर

ले जायेंगी। जो पूर्णरूप से स्थायी एवं चिरंजीवी बनी रहेंगी। इन पुस्तकों के अलावा भी मैंने निश्चित किया है कि इन चारो दर्शनों को हम एक जगह में लाकर एक रचनात्मक स्वरूप को स्थापित करें। क्योंकि हम सभी ने देखा है कि प्रत्येक धर्म विश्व में वह कोई भी धर्म क्यों न हो, धर्म पुस्तक में तो सभी दर्शन को बताती है या उल्लेख करती है किन्तु रचनात्मक रूप में उन सभी ने धर्म के सभी दर्शन को जगह नहीं दिया है। जिसके कारण उनका यह धर्म स्थल सम्पूर्ण नहीं बन सका है। उनका यह रचनात्मक धर्म स्थल अधूरा ही रह गया है। अतः यही अधूरा कार्य ही अधूरा धर्म दर्शन बनकर मानव समाज को गुमराह भी किया है।

अतः विश्व के सम्पूर्ण चारो दर्शनों को एक जगह में, धर्म स्थल पर स्थापित करके दर्शन की पूर्णता को रचनात्मक रूप में स्थापित करना चाहते हैं।

अतः इसी उद्देश्य को पूर्ण करने के लिए ही हमने 'ईआलय' (परिपूर्ण विश्व प्रेम का घर) का निर्माण विश्व के प्रत्येक देश में जगह–जगह स्थापित करने का निश्चय किया है। 'ईआलय' (परिपूर्ण विश्व प्रेम का घर) = मैंने 'ई' के शाब्दिक अर्थ को परिपूर्ण विश्व प्रेम कहा है। इसी आधार पर विश्व के प्रत्येक क्षेत्र में 'ईआलय' (परिपूर्ण प्रेम का घर) का निर्माण करने का निश्चित किया है। विश्व के प्रत्येक धर्म का आधार 'ई' पर ही आधारित है। यह विशुद्ध तीन तृतीया चाँद व एक गोलाकार आकार को लेकर बना है। तीन तृतीया का चाँद मिलकर यह संकेत करता है कि प्रेम मध्य, ऊपर नीचे प्रत्येक जगह व्याप्त है। ''ई'' में एक गोलाकार आकार भी होने से यह विश्व का संकेत करता है। इस तरह ''ई'' का अर्थ परिपूर्ण विश्व प्रेम होने से ''ईआलय'' का शाब्दिक अर्थ परिपूर्ण विश्व प्रेम का घर होगा। तृतीया का चाँद प्रत्येक धर्म का मूल आधार है। इसकी बनावट ही ऐसी है कि देखने मात्रा से यह मानव में प्रेम की भावना को उत्प्रेरित करता है। अतः यह तृतीया का चाँद प्रेम का मनौवैज्ञानिक आकार हैं विश्व के प्रत्येक धर्म में इस चाँद को विशुद्ध एवं पूजनीय बताया गया है। यह चाँद चाहे अक्षय तृतीया का चाँद हो या दूज के चाँद के बाद ईद का चाँद हो या ईस्टर का चाँद, इसी तृतीया के चाँद को दर्शाता है। बौद्ध धर्म में इस तृतीया के चाँद को परम पूजनीय व विशुद्ध बताया गया है। मैंने यह कहा है कि 'ईआलय' में प्रथम पूजा 'विश्व राष्ट्र प्रेम' के झण्डे की होगी तथा तत्पश्चात ईश्वर के दोनों रूपों साकार व निराकार दोनों ज्योति के रूप में पूजा व आराधना किया जायेगा। हमने 'विश्व राष्ट्र प्रेम' के झण्डे

को विष्णु के विराट स्वरूप के पाँव से निकली माँ गंगा का वास्तविक स्वरूप कहा है। धर्म में भी माँ गंगा ही प्रथम पूजा व मोक्ष का आधार हैं। हमने कहा है कि विश्व के प्रत्येक धर्म पुस्तक में ईश्वर के दोनों स्वरूपों साकार एवं निराकार की पूजा व आराधना का विधान है किन्तु किसी धर्म वाले ने इसे धरती पर रचनात्मक स्वरूप नहीं दिया है। हमने निश्चित किया है कि 'विश्व शान्ति गणदूत समिति' एवं 'विश्व शान्ति गणदूत ट्रस्ट' धर्म के मूल विचार को उजागर करते हुये, हमारी धर्म से सम्बन्धित तीनों पुस्तकों को साथ ही साथ प्रचार–प्रसार करते हुये रचनात्मक स्वरूप देने के लिए कटिबद्ध रहेगा।

आसमानी जमीन पर जो विश्व व्यापकता का प्रतीक होगा ''ईआलय'' 210 फुट लम्बा, 60 फुट चौड़ा सफेद संगमरमर पत्थर से बनाया जायेगा। दो ज्योति स्वरूप आकार के बीच तृतीया का चाँद घरनुमा बनाया जायेगा। जिसके अन्दर वहाँ भी इसी तरह से ईश्वर के साकार एवं निराकार के बीच तृतीया का चाँद स्थापित किया जायेगा, साथ में 'विश्व राष्ट्र प्रेम' का झण्डा भी स्थापित किया जायेगा। अन्दर जाकर सभी लोग उनका दर्शन भी करेंगे। यह ''ईआलय' सम्पूर्ण विश्व में धर्म को स्पष्ट रूप में उजागर करेगा साथ ही साथ सम्पूर्ण विश्व में धार्मिक मतभेद भी समाप्त कर देगा।

इसके अलावा यह ''ईआलय'' सम्पूर्ण पूजा, आराधना स्थल भी होगा। यह ''ईआलय'' सम्पूर्ण मानव समाज के लिए होगा। ''ईआलय'' के मुख्य द्वार पर एक तरफ बच्चें को गोद में लेकर एक नारी की मूर्ति को स्थापित किया जायेगा। जो हमको यह दर्शाता रहेगा कि वात्सल्य प्रेम भावना के साथ ही आप ''ईआलय'' में प्रवेश करें। मुख्य द्वार की दूसरी तरह सर्प की मूर्ति को दर्शाया जायेगा। जो हम सभी को यह संकेत करता रहेगा कि आप अपने मन को शान्त कर स्वयं भाव बोध से स्थित रहते हुये या स्वयं भाव बोध से युक्त होकर ''ईआलय'' (परिपूर्ण विश्व प्रेम का घर) में प्रवेश करें।

(आकाशवाणी पुणे से प्रसारित मेरी वार्ता)
प्रेम भावना के विविध रंग

प्रेम भावना का विषय अन्य विषयों की अपेक्षा बहुत ही कठिन एवं विशाल है। आरम्भ में तो यह भावना बहुत ही सरल एवं सहज समझ में आती है किन्तु इसकी पूर्णता अत्यन्त ही गूढ़ व रहस्यमयी है।

मानव जीवन में ही नहीं वरन् पशु, पक्षी, जीव, जन्तु, वनस्पति में भी यह प्रेम भावना माता–पिता, पुत्र–पुत्री के रूप में आरम्भ हुई है। यह प्रेम भावना निराकारी रूप में भी निर्जीव संसार के कण–कण में विद्यमान है।

मानव समाज के सभी धर्म को भी इसी प्रेम भावना के नींव पर ही स्थापित किया गया है। यह धर्म चाहे ईसाई हो या इस्लाम धर्म हो, बौद्ध धर्म या जैन धर्म एवं चाहे हिन्दू धर्म ही क्यों न हो, सभी धर्म की नींव यही प्रेम भावना ही है।

प्रेम भावना मूल रूप में परिवार से ही शुरू हुई है। इसी भावना ने धीरे–धीरे बढ़ते हुए मानव समाज के विभिन्न रूपों को भी आत्मसात किया है। मानव भाई–बहन के प्रेम के साथ–साथ बन्धु, मोहल्ला, शहर, जिला, प्रान्त फिर देश प्रेम की भावना से जुड़ने लगा। मानव मन में इतना अधिक प्रेम विकसित होने पर भी मानव–समाज में पूर्ण शान्ति स्थापित नहीं हो सकी है। क्योंकि यह सभी प्रेम भावना मोहग्रस्त है। उसके प्रेम में मेरापन की भावना है। वह मानव अपने सभी प्रकार के प्रेम में मेरापन की भावना लिये हुए है। मेरा परिवार, मेरा जिला, मेरा प्रान्त, मेरा जाति, मेरा धर्म एवं मेरा देश। इस तरह उसके सभी प्रेम में 'मेरा भावना' होने के कारण वह समाज में न्याय, सत्य के पथ पर सुचारू रूप से नहीं चल पाता है। फलतः मानव समाज में अशान्ति का माहौल उत्पन्न होता है। विश्व में आज की अशान्ति के माहौल का यही कारण है।

हम सभी मानव को देश–प्रेम से आगे बढ़ना है। सभी मानव को देश से आगे विश्व प्रेम के पथ पर अग्रसर होना है। सभी को विश्व प्रेम स्वीकार करना ही है। यह विश्व प्रेम की भावना ही मानव को धीरे–धीरे मेरापन की भावना से मुक्त कर देगा।

अतः वह अपने मोह भावना को क्षय के पश्चात् मोक्ष अवस्था को प्राप्त करता है। मोह भावना से मुक्ति केवल विश्व प्रेम की भावना ही दिला सकती है। क्योंकि इस विश्व प्रेम की भावना में मेरापन की भावना नहीं है। अतः विश्व प्रेम से युक्त होकर मोह भावना से मुक्त होकर मानव ही विश्व में मानव समाज में शान्ति स्थापित करता है। अतः विश्व प्रेम की भावना को समझना एवं समझाना मानव समाज के लिए अत्यन्त आवश्यक है।

पूर्वजों ने इसी कारण से विश्व प्रेम की भावना को बढ़ावा दिया है। इस विश्व प्रेम की भावना को शब्द में पिरोकर व्यक्त किया है। इस तरह से ई स्वर को स्थापित किया गया है। इसे ही ईश्वर कहा गया है। ई स्वर में ई की ओर इंगित किया गया है। ई शब्द तीन तृतीया का चाँद एवं एक गोलाकार आकृति से बना है। तीन तृतीया का चाँद में एक ऊपर, दूसरा मध्य एवं तीसरा नीचे की ओर दर्शाता है। तृतीया का चाँद का आकार ऐसा होता है कि उसे देखने मात्र से हमारे–आपके अन्दर प्रेम भावना जागृत होता है। अतः इस आकृति को प्रेम आकृति कहा गया है। ऐसी ही आकृति वाले चाँद को अक्षय तृतीया, ईद का चाँद, ईस्टर का चाँद एवं प्रेम का मनोवैज्ञानिक आकार कहा गया है। ई शब्द में चाँद ऊपर, मध्य एवं नीचे की ओर होना इस बात को इंगित करता है कि प्रेम ऊपर, मध्य, नीचे अर्थात् विश्व में सर्वत्र व्याप्त है। उस सर्वत्र प्रेम को परिपूर्ण प्रेम कहा गया है। इसे ही अल्लाह, ओम, गॉड के निराकार रूप में माना गया है। ई शब्द में तीन चाँद के साथ एक गोलाकार आकार भी है जो विश्व को इंगित करता है। अतः इत तरह ई का शाब्दिक अर्थ परिपूर्ण विश्व प्रेम कहा गया है। इसी परिपूर्ण विश्व प्रेम को ही ईश्वर कहा गया है।

परिपूर्ण विश्व प्रेम का भी गहन अध्ययन के पश्चात् हम पाते हैं कि यह प्रेम भी तीन तरह के हैं :–

1. निराकार परिपूर्ण विश्व प्रेम।

2. साकार परिपूर्ण विश्व प्रेम।

3. विश्व के प्रत्येक प्राणियों से प्रेम।

इस तरह तीनों तरह के परिपूर्ण विश्व प्रेम को एक जगह स्थापित करना मानव समाज के लिए अत्यन्त आवश्यक है। यह कार्य आज मानव समाज के लिए अत्यन्त आवश्यक हो गया है। यह कार्य आज से

पहले कभी भी स्थापित करने की कोशिश नहीं किया गया है। आज मानव समाज में जिस तरह से अशान्ति का महौल बन चुका है। इसके कारण शीघ्र ही अब मानव समाज को यह कार्य करना आवश्यक हो चुका है। अतः हमने ''ईआलय'' की स्थापना करने की घोषणा किया है। जिसका अर्थ है ''परिपूर्ण विश्व प्रेम का घर''। ई का अर्थ परिपूर्ण विश्व प्रेम एवं आलय का अर्थ घर है। परिपूर्ण विश्व प्रेम का घर अर्थात् 'ईआलय' में तीनों प्रकार के परिपूर्ण प्रेम को स्थापित करने का निश्चय किया गया है।

इस तरह यह ''ईआलय'' सम्पूर्ण विश्व में प्रत्येक धर्म में मतभेद को मिटाते हुए धर्म की वास्तविकता एवं सत्य की पहचान को स्पष्ट करता रहेगा। ''ईआलय'' में निराकार रूप परिपूर्ण विश्व प्रेम एक ज्योतिनुमा आकार में दिखाया जायेगा एवं साकार परिपूर्ण विश्व प्रेम रूप भी दूसरे ज्योति रूप के आकार में दिखाया जायेगा।

विश्व के समस्त साकार परिपूर्ण विश्व प्रेम रूप मानव का इस इस ज्योति रूप में समाहित करके दर्शाया जायेगा। अतः इस साकार ज्योति रूप को ज्योति लिंग के रूप में भी कहा जायेगा। तीसरे परिपूर्ण विश्व प्रेम को, विश्व के प्रत्येक प्राणियों से प्रेम को एक झण्डे के रूप में स्थापित किया है। जिसका नाम ''विश्व राष्ट्र प्रेम'' का झण्डा कहा गया है।

यह झण्डा आसमानी रंग का आयताकार दो तिहाई रूप में है। आसमानी रंग व्यापकता की ओर इंगित करता है। इस झण्डे में तृतीया का चाँद अंकित होगा जिसका अर्थ होगा सम्पूर्ण विश्व को प्रेम भावना से बाँधना। सम्पूर्ण विश्व को प्रेम करना है।

इस तरह तीनों तरह के परिपूर्ण विश्व प्रेम का पूजा, अर्चना एवं प्रेम करना 'ईआलय' का उद्देश्य होगा। अतः यह 'ईआलय' मानव समाज में स्थापित करना मानव समाज के लिए अत्यन्त आवश्यक है।

'ईआलय' में तीनों तरह की परिपूर्ण विश्व प्रेम की पूजा, अर्चना की हम बात करते हैं। इन्हें ही हम सभी पूजा, अर्चना के योग्य भी समझते हैं। किन्तु इसका अर्थ यह नहीं होता है कि हम सभी अपने परिवार, भाई, बन्धु, देश के प्रेम से विरक्त हो जायें। हम सभी को उन सभी से प्रेम करने के साथ–साथ ''ईआलय'' की पूजा अर्चना एवं प्रेम करना है।

अतः इसलिए हमने विश्व के जन–जन से यह आह्वान किया है कि वे अपने–अपने राष्ट्र के झण्डे के साथ–साथ "विश्व राष्ट्र प्रेम" के झण्डे को उठायें, लहरायें एवं गीत गायें। तभी सभी देशों के लोग विश्व में सुख–शान्ति से जीवन बसर करेंगे। अन्त में मैं यही कहूँगा, आप सभी से कि आप अपने प्रेम भावना के विविध रंगों में विश्व प्रेम को समाहित करें। जिससे आपका एवं सम्पूर्ण विश्व का भी कल्याण हो सके।

डा0 गोपाल चन्द्र मजूमदार

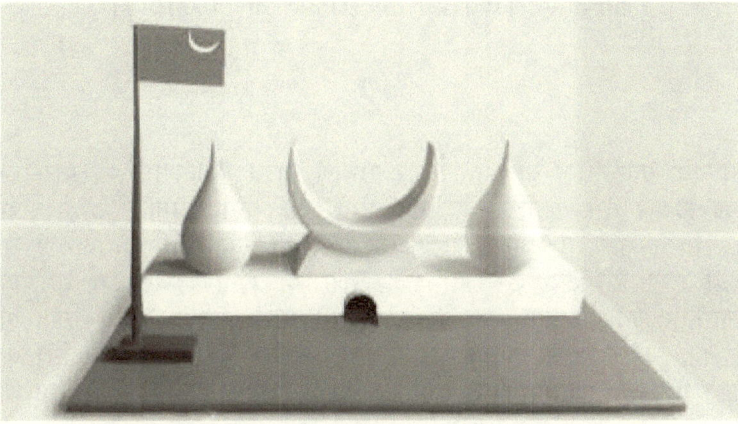

'ईआलय '

(परिपूर्ण विश्व प्रेम का घर) का शीशम के लकड़ी का मॉडल

1

जिस दिन से 'ईआलय' (परिपूर्ण विश्व प्रेम) का निर्माण पूरा हो जायेगा एवं धरती पर सम्पूर्ण विश्व के लोगों के लिए पूजा एवं आराधना हेतु आरम्भ होगा, उस दिन से धरती पर सत्ययुग का आरम्भ भी हो जायेगा।

'ईआलय' का निर्माण स्वतः ही सम्पूर्ण विश्व में, शान्ति एवं विश्व प्रेम को स्थापित करती जायेंगी।

2

धर्म एवं राजनैतिक के आधार पर सम्पूर्ण विश्व में जिसके भी पास जो कुछ विचार देने के लिए था, वह सभी कुछ मानव समाज को समर्पित कर दिया गया है। फिर भी पृथ्वी अभी भी नष्ट होने के कगार पर खड़ी हुयी है। अब उन सभी के पास या सम्पूर्ण विश्व में धर्म एवं राजनैतिक के आधार पर किसी के भी पास देने के लिए कोई भी मौलिक विचार नहीं रह गया है, जिसके आधार पर वे विश्व शान्ति एवं विश्व प्रेम को स्थापित कर सकें एवं पृथ्वी को नष्ट होने से बचाया जा सके।

सम्पूर्ण विश्व में एक मात्र केवल मैं अपनी नयी मौलिक विचारों के आधार पर ''विश्व शान्ति गणदूत'' ट्रस्ट के माध्यम से विश्व शान्ति एवं विश्व प्रेम की स्थापना को धरती पर यथार्थ रूप में स्थापित कर सकता हूँ।

'ईआलय' (परिपूर्ण विश्व प्रेम का घर) एवं हमारी लिखी हुयी प्रकाशित तीनों मौलिक पुस्तकें सम्पूर्ण विश्व में विश्व शान्ति व विश्व प्रेम को स्थापित करने में पूरी तरह से सफल होंगी।

3

धरती से आकाश, चाँद, सितारों तक,
युग–युगान्तर तक ईश्वर की परिभाषा
यही रहा है और भविष्य में भी यही रहेगा।
"परिपूर्ण विश्व प्रेम" के स्वर को ईश्वर कहते हैं।

4

मैं इस धरती पर धरती के कुछ कमियों को पूरा करने के लिए आया हूँ।

मैं हिन्दू धर्म, वेदों की कुछ कमियों को पूरा करने के लिए आया हूँ।

मैं इस्लाम धर्म की कुछ कमियों को पूरा करने के लिए आया हूँ।

मैं ईसाई धर्म की कुछ कमियों को पूरा करने के लिए आया हूँ।

मैं बौद्ध धर्म की कुछ कमियों को पूरा करने के लिए आया हूँ।

मैं सभी धर्मों के कमियों को पूरा करते हुए सम्पूर्ण विश्व के धार्मिक मतभेदों को मिटाने के लिए आया हूँ।

मैं सभी धर्मों की कमियों को पूरा करते हुए उन्हें एक छत्र के नीचे लाने के लिए आया हूँ।

मैं समस्त विश्व जन–जन के व्यक्तित्व का फैसला राजनैतिक माध्यम से दिलाने के लिए आया हूँ।

"ईआलय" (परिपूर्ण विश्व प्रेम का घर) एवं हमारी लिखी हुयी तीनों पुस्तकें पृथ्वी के समस्त कमियों को पूरा करेंगी।

5

मेरा चन्द्र राशि, वृषभ राशि, मृगशिरा नक्षत्र है, जो मेरे जनम कुंडली के तृतीय भाव, पराक्रम भाव में अक्षय तृतीया के रूप में हैं। लग्न राशि मीन राशि रेवती नक्षत्र का है। लग्न में बृहस्पति ग्रह स्थित है।

मेरे द्वितीय भाव में बुद्ध, सूर्य, एवं मंगल ग्रह एक साथ बैठे हैं। चतुर्थ भाव में शुक्र ग्रह हैं। सप्तम में शनि ग्रह हैं।

बारहवें भाव में राहु ग्रह स्थित है। षष्ठी भाव में केतु ग्रह हैं। इस समय बुद्ध का महादशा चल रहा है।

इस तरह से मेरे जैसा न कोई दार्शनिक हुआ था, न ही कोई होगा।

कोई भी ज्योतिष का जानकार मेरे जनम तारीख, समय एवं स्थान से वास्तविक सच्चाई को जान सकता है।

तारीख – 9 मई – 1951

बैसाख माह

समय – 3 बजकर 39 मिनट सुबह

मंगलवार

स्थान – मीरजापुर–उत्तर प्रदेश, भारत

गंगा नदी के किनारे

''ईआलय'' (परिपूर्ण विश्व प्रेम का घर) सम्पूर्ण विश्व में हमारी तीनों दार्शनिक पुस्तकों को क्रमशः 1–मानव समाज का फैसला, 2–परिपूर्ण प्रेम दर्शन, 3–सम्पूर्ण विश्व में केवल चार दर्शन हैं। प्रचारित–प्रसारित करता रहेगा।

6

भगवान कृष्ण के रूप में जब आये थे, तब अर्जुन को कहा था कि, ये सभी मृत्यु के समान हैं। अपने विराट स्वरूप को दिखाते हुए कृष्ण ने कहा था कि हे अर्जुन! तुम मेरे शरण में आ जाओ, अन्यथा तुम्हारा भी यही हाल होगा। तुम भी भी एक मृतक के समान ही होगे।

आज मैं गोपाल चन्द्र के रूप में आकर सम्पूर्ण विश्व के को कह रहा हूँ कि, हे विश्व के सम्पूर्ण मानव आज तुम एक मृतक के समान ही हो। तुम ''विश्व राष्ट्र प्रेम'' के झंडे के साथ आ जाओ, तुम ''विश्व राष्ट्र प्रेम के झंडे के छत्रछाया के नीचे आ जाओ। ''विश्व राष्ट्र प्रेम'' का झंडा ही मेरा विराट स्वरूप है, यही मेरी विराट संवेदना है।

तुम हिन्दू हो या मुस्लिम, तुम सिक्ख हो या ईसाई या पारसी। तुम्हें एकमात्र ''विश्व राष्ट्र प्रेम'' का झंडा ही भय से मुक्ति दिला सकता है, यह तुम्हें मृत्यु भय से भी मुक्ति दिला सकता है, तुम्हें यह सदा के लिए भी मोक्ष दिला सकता है।

''विश्व राष्ट्र प्रेम'' एकमात्र मोक्ष का आधार है।

इसके बिना तुम निश्चिन्त होकर जीवर बसर नहीं कर सकते हो।

''ईआलय'' (परिपूर्ण विश्व प्रेम का घर) सदैव तुम्हें निश्चिन्त जीवन का रास्ता दिखाता रहेगा।

7

निःशब्द प्रेम में ही परम शान्ति निवास करती है। यह तीन तरह के निःशब्द प्रेम क्रमशः 1 – मैं का अहसास, 2 – अपने ही मन का अहसास, 3 – ओम, अल्लाह, गॉड अर्थात सम्पूर्ण विश्व के कण–कण में व्याप्त प्रेम का अहसास है।

निःशब्द प्रेम में इन तीनों का अहसास हम साथ करते हुए हम परम शान्ति को प्राप्त करते हैं।

जब मानव का मन, बुद्धि, शरीर, इन्द्रियाँ भी ऐसी ही निःशब्द प्रेम में घुल–मिल कर एक हो जाती हैं, तब वह मानव परिपूर्ण प्रेममयी होकर पूर्ण परम शान्ति को प्राप्त करता है। ऐसे ही मानव को साकार ईश्वर कहा गया है।

जब ऐसा ही परिपूर्ण प्रेममयी साकार ईश्वर करूणामयी होकर सम्पूर्ण मानव जगत से प्यार करते हुए उसके कल्याण के लिए निरन्तर चिन्तन मनन करता हुआ कर्म करता है, तब वह मानव ही नारीत्व परिपूर्ण विश्व प्रेम, चारित्रिक परिपूर्ण विश्व प्रेम एवं पौरुष पूर्ण विश्व प्रेम के चरम बिन्दु में विकसित हो जाता है।

ऐसे ही मानव को, ऐसे ही साकार ईश्वर को राजाओं का राजा, प्रभुओं का प्रभू कहा गया है।

उन्हें ही परम ईश्वर अर्थात परमेश्वर कहा गया है।

8

भारत देश ही नहीं विश्व के
सभी देशों के धर्म का नाम,
चाहे वो किसी भी धर्म के
मानने वाले क्यों न हों,
मूलरूप में "ईश्वर धर्म" हैं।

9

नम्रता, कोमलता आप अपने बच्चे,
नाती, पोते से सीखते हैं।
नम्रता, कोमलता के बिना आप,
"ईश्वर" तक नहीं पहुँच सकते हैं।

10

आज सम्पूर्ण विश्व में युद्ध के लिए हथियार संग्रह करने की जिस तरह से होड़ मची हुयी है, लोग अब तो स्टार वार की तरफ भी बढ़ने लगे हैं।

ऐसे में विश्व में 'यू0एन0 सुरक्षा परिषद' का कोई भी महत्व नहीं रह जाता है।

सम्पूर्ण विश्व के सुरक्षा एवं शान्ति के लिए अब तो सिर्फ एक ही विकल्प रह जाता है। वह है सम्पूर्ण विश्व में सैनिक वैचारिक क्रान्ति।

अतः सम्पूर्ण विश्व में शान्ति एवं सुरक्षा के लिए हम बार–बार विश्व के समस्त सैनिकों का आह्वान करते रहेंगे कि आप अपने अपने देश के झंडे के साथ–साथ "विश्व राष्ट्र प्रेम" का झंडा भी उठायें और लहरायें।

संसार को बचाने के लिए अब तो मात्र यही एक विकल्प ही रह गया है।

11

'ईश्वर'
"प्रेम का विराट स्वरूप है"
'ईआलय' (परिपूर्ण विश्व प्रेम का घर)
सम्पूर्ण विश्व को इस विराट स्वरूप का
मार्गदर्शन करता रहेगा।

12

समस्त स्वाद की अनुभूतियों का अहसास,
तुम्हें तुम्हारे मन से ही मिलता है।
ईश्वर की अनुभूतियों का अहसास भी,
तुम्हें सिर्फ तुम्हारे मन से मिलेगा।
अतः भूल से किसी के भी कहने पर भी,
अपने मन को विलुप्त मत करना।

13

मानव का विकास मछली की भाँति, तालाब से हुआ है।
अब वह विकास करके बहुत बड़ा गया है।
अतः अब उसे और विकास के लिए, महासागर में छोड़ना चाहिए।
अन्यथा वह मछली मृत्यु को प्राप्त हो जायेगी।

("विश्व राष्ट्र प्रेम" विकास का महासागर है)

14

जिस तरह शक्कर व मिष्ठान में भेद हैं,
वैसी ही ईश्वर के निराकार स्वरूप एवं साकार स्वरूप में भेद हैं,
शक्कर एक है, मिष्ठान अनेक है।
भिन्न–भिन्न प्रकृति के कारण ही यह मिष्ठान 108 प्रकार के हैं।
"विश्व राष्ट्र प्रेम" इसके एक कदम आगे का प्रेम है।

15

अगर आप शान्तिमय आनन्द का चाहते हैं,
तो आप अपने ही विश्वव्यापी,
निःशब्द मन के शरण (ध्यान) में जायें।
ऐसे निःशब्द मन से उपजे कलाओं को,
ईश्वरीय कला कहते हैं।

16

'भगवान कृष्ण' मैं (ब्रह्म) की बातें करते हैं।

अतः आप ब्रह्म, (मैं) की विराट स्वरूप की बातें करते हैं।

मैं प्रेम की बातें करता हूँ, अतः मैं प्रेम के विराट स्वरूप (ईश्वर) की बातें करता हूँ।

'ईश्वर' प्रेम का विराट स्वरूप हैं।

'ईआलय' (परिपूर्ण विश्व प्रेम का घर) ईश्वर का यथार्थ पूर्ण रचनात्मक स्वरूप है।

17

सम्पूर्ण विश्व के कण–कण में प्रेम है। शिव के दर्शन एवं सम्पूर्ण विश्व जन–जन के प्रेम से, विष्णु के दर्शन से, दोनों दर्शन के युग्म से माँ गंगा धरती पर अवतरित हुयी हैं।

"विश्व राष्ट प्रेम का झंडा" ऐसी ही दर्शन से युक्त है। इस्लाम, ईसाई एवं बौद्ध धर्म भी ऐसी ही दर्शन के पक्षधर हैं। यह झंडा 'विश्व राष्ट्र प्रेम' समस्त धर्म को समेटे होने के साथ–साथ यह राजनैतिक एवं सभी विषयों को भी समेटे हुए है। यह वास्तविक में माँ गंगा का यथार्थ रूप है।

18

मानव को अपने मन को कभी विनिष्ट नहीं करना चाहिए। वरन् आपको अपने ही मन के मोह ग्रसित इच्छाओं को अवश्य विनिष्ट करना चाहिए, तभी हमारा मन इस मोह ग्रसित इच्छाओं से बन्धन मुक्त होकर विश्व व्यापकता को प्राप्त कर पायेगा।

ऐसे ही अपने मन के विराट स्वरूप से ही प्रेम के विराट स्वरूप को आत्मसात कर पायेंगे।

19

अगर आप अपनी बौद्धिक क्षमताओं को,
चरम में विकसित करना चाहते हैं,
तो आप अपने को,
विश्व व्यापकता का रूप दें।
क्योंकि .... छोटे मन में तो,
छोटी ही बुद्धि विकसित होगी।

20

पहले मानव व्यक्तित्व का मूल्यांकन उनके पौरुष गुणों का प्रतीक ब्रह्म के मूल्यांकन के आधार पर ही वर्ण व्यवस्था करके किया जाता था। किन्तु अब मानव व्यक्त्वि का मूल्यांकन उनके तीनो गुणों 1. पौरुष गुण, 2. चारित्र, 3. नारीत्व गुणों के आधार पर ही किया जायेगा।

इस तरह का मानव व्यक्ति का मूल्यांन के नीति को मानव समाज में स्थापित करना एक सच्चा लोकतंत्र कहलाता है। इसी को शिव त्रिशूल 'सत्यमेव जयते' कहते हैं।

'ईआलय' (परिपूर्ण विश्व प्रेम का घर) सम्पूर्ण विश्व में मानव के तीनों गुणों के विकास के लिए सदैव मार्गदर्शन करती रहेंगी।

21

भगवान कृष्ण के द्वारा भगवत गीता में कहा गया है कि तीन तरह के मानव गुण होते हैं।

1. रजोगुण, 2. सतोगुण, 3. तमोगुण

किन्तु दुख इस बात का है इसका भावार्थ गलत रूप में किया जाता रहा है।

वास्तव में तीनों गुणों का क्रमशः निम्न अर्थ है –

1. रजोगुण – पौरुष गुण
2. सतोगुण – चारित्र गुण
3. तमोगुण – नारीत्व गुण

उपरोक्त तमोगुण को लोग तामसी गुण कहकर प्रचार करते हैं। यहाँ तक कि ईश्वर महादेव को भी तामसी गुण वाला कहने में भी नहीं हिचके।

दरअसल तमोगुण का अर्थ मोह को त्याग करने वाले से जो गुण उत्पन्न होते हैं। अतः हमें मोहग्रस्त इच्छाओं का त्याग करना है। इसे ही वैराग्य गुण कहते हैं।

मोहग्रस्त इच्छाओं का त्याग करने पर मानव में नारीत्व गुणों का विकास स्वतः होने लगता है, वह ईश्वरी अहसास व ईश्वरी गुणों की तरफ स्वतः ही बढ़ने लगता है।

अतः ईश्वर को आत्मसात करने के लिए आपमें तमोगुण का होना नितान्त आवश्यक है।

इस तरह महादेव महेश ईश्वरी गुणों, (नारीत्व गुणों) से ओत–प्रोत होकर ही शिव पद को प्राप्त हुए हैं।

'ईआलय' (परिपूर्ण विश्व प्रेम का घर) सदैव ही ईश्वरी गुणों (नारीत्व गुणों) का मार्गदर्शन करता रहेगा।

22

सैनिक शक्ति का नींव दूषित मानसिकता वाले कबीलों से आरम्भ हुआ था। जो अपने दूषित इच्छाओं की पूर्ति के लिए वे एक दूसरे कबीलो वालों पर उनके जमीन, धन को लेने के साथ–साथ उनके औरतों को भी लूटने के लिए सदैव ताक पर रहते थे।

सैनिकों की इस मानसिकता में थोड़ी बहुत सुधार होने पर भी यह आज भी जगह जगह वैसी ही अपनी मानसिकता को प्रदर्शित करती रहती है।

इनके हाथों की लकीरें आज भी जगह–जगह मानवता के खून से रँगे हुए होते हैं।

विश्व के समस्त सैनिकों के हाथों के लकीरों को निष्कलंक बनाने के लिए सिर्फ एक ही रास्ता है, कि वे सम्पूर्ण विश्व के सैनिक अपने राष्ट्र के झंडे के साथ–साथ 'विश्व राष्ट्र प्रेम' का झंडा भी उठायें व लहरायें।

जिससे विश्व के सम्पूर्ण सैनिकों के साथ–साथ 'विश्व के सम्पूर्ण मानव भी निष्कलंक बन सकें।

'ईआलय' (परिपूर्ण विश्व प्रेम का घर) विश्व के सम्पूर्ण मानव को निष्कलंक जीवन जीने का मार्गदर्शन देती रहेंगी।

23

नागार्जुन जैसे दार्शनिकों का शून्य विचार (Zero Thought), कपिल मुनि जैसे महात्माओं के साख्य योग का दर्शन, नित्य और अनित्य पर अनेकों महाराजाओं के ऐसे विचार दर्शन, एवं ऐसी ही विश्व के समस्त विचार, दर्शन जो मानव व्यक्तित्व के विकास के धारा पर विपरीत दिशा की ओर जाते हैं, वे सभी दर्शन असत्य, भ्रम को फैलाने वाले, विष के ही समान है।

ऐसे दर्शन सागर के साठ हजार पुत्रों की भाँति आपको मृत्यु की ओर तो ले जा सकते हैं किन्तु कपिल मुनि की भाँति ऐसे दर्शन आपको जीवन प्रदान करने में सर्वदा ही असमर्थ होंगे।

यह सदैव याद रख्खे कि, विष्णु एवं ओम, शिव के युग्म दर्शन से उत्पत्ति गंगा के दर्शन से ही उन साठ हजार पुत्रों को जीवन मिला था।

अतः सम्पूर्ण विश्व में मात्र ईश्वर दर्शन ही सत्य व नित्य, शान्ति एवं आनन्दमयी है जो मानव व्यक्त्वि के विकास की धारा की ओर ही सदैव अग्रसर रहता है।

'ईआलय' (परिपूर्ण विश्व प्रेम का घर) सम्पूर्ण विश्व में मानव व्यक्तित्व के विकास के साथ–साथ नित्य, शान्ति एवं आनन्दमयी जीवन दर्शन सदैव देता रहेगा।

24

जीव का विकास, सृजन पंच तत्व से हुआ है। किन्तु कुछ दार्शनिक चार तत्व को ही मानते हैं, व आकाश तत्व को तत्व नहीं मानते हैं।

दरअसल में वे आकाश तत्व को केवल आकाश ही समझते हैं। जबकि आकाश तत्व में ग्रह, नक्षत्र सभी तारे भी आते हैं, जिनका प्रकाश जीव के सृजन निश्चय ही सहयोगी हैं। अतः जीव का सृजन पंच तत्व से हुआ है।

इसके अलावा तीन नित्य तत्व भी हैं –

1. मैं का अहसास (ब्रह्म),
2. ब्रह्म के निकली प्रकाश से निर्मित इच्छामयी मन,
3. प्रेम तत्व जो सम्पूर्ण विश्व में व्याप्त है, जिसे ओम, अल्लाह, गॉड कहते हैं।

इसी परिपूर्ण प्रेम तत्व को ही कालतत्व भी कहते हैं। यही प्रेम तत्व ही सम्पूर्ण जगत को गतिमान किये हुए है। क्योंकि यह कालतत्व सभी तत्वों से सूक्ष्म तत्व है किन्तु जीव का विकास तो पहले ही हो चुका था, जब उसका प्रकृति के पृथ्वी, वायु, जल, अग्नि (आक्सीजन) से संयोग ही नहीं हुआ था। अर्थात जीव का विकास, सृजन, जल वायु, अग्नि, पृथ्वी तत्व के बिना ही केवल आकाश तत्व ऐसे तत्व से उनका विकास, सृजन हुआ है, जिन तत्वों के पास ये चार तत्व पहुंच ही नहीं सकते हैं।

आज का विज्ञान भी कहता है कि ये चारो तत्व पृथ्वी के एक निश्चित पटल तक ही सीमित हैं। किन्तु जीव का विकास तो पहल ही हो चुका था, जब उसका प्रकृति के पृथ्वी, वायु जल, अग्नि (आक्सीजन) से संयोग ही नहीं हुआ था। अथार्थ जीव का विकास, सृजन, जल, वायु, अग्नि, पृथ्वी तत्व के बिना ही केवल आकाश तत्व एवं ऐसे तत्व से उनका विकास, सृजन हुआ है, जिन तत्वों के पास ये चार तत्व पहुँच ही नहीं सकते हैं।

आज का विज्ञान भी कहता है कि ये चारो तत्व पृथ्वी के एक निश्चित परत तक ही सीमित हैं। अतः उसके ऊपर ही अन्तरिक्ष में जीव का विकास, सृजन होने के कारण यह जीव अमर हुये हैं।

इस तरह हम पाते हैं कि जीव का विकास, सृजन ऐसे स्थान में हुआ है जहाँ जल, वायु, अग्नि (आक्सीजन) एवं पृथ्वी तत्व ही नहीं था।

आज का विज्ञान जब यह देख चुका हूँ कि जीव का विकास, सृजन ज्वालामुखी में भी सम्भव, तब यह भी सम्भव है कि जीव का विकास, सृजन, पृथ्वी, जल, वायु, अग्नि के बिना भी सम्भव है।

अतः इनकी मृत्यु सम्भव नहीं है। इन्हें ही हम आत्मा कहते हैं।

'ईआलय' (परिपूर्ण विश्व प्रेम का घर) सम्पूर्ण विश्व को धर्म, राजनैतिक, सामाजिक, मनोवैज्ञानिक के साथ–साथ विज्ञान का भी मार्गदर्शन करता रहेगा।

25

राज्य सभा एवं विधान परिषद में सदस्यों का लेने के लिए राजनैतिक पार्टियों से हारे हुए सदस्यों को लेने की नीति को बिल्कुल ही समाप्त किया जाये। इनमे केवल गैर राजनैतिक वालों को ही सदस्यों के रूप में लिया जाये। इसके साथ ही साथ ऐसे लोगों को भी लेने के नियम को समाप्त किया जाये जिन्होंने समाज को सुन्दर एवं बेहतर बनाने में कभी भी रुचि न ही दिखायी हो, न ही ऐसी कोई कार्य क्रियान्वित की हो, वे चाहे कितना ही बड़ा या सम्मानित व्यक्ति क्यों न हो। एक सुन्दर एवं बेहतर के समाज के निर्माण के लिए राज्य सभा एवं विधान परिषद में सिर्फ और सिर्फ उन्हीं लोगों को ही केवल लाया जाये, जिन्होंने अपनी अधिकांश जिन्दगी मानव सेवा एवं समाज को सुन्दर बनाने मे लगायी हो। इसके अलावा इन सदस्यों में अन्य मानवीय गुणों का भी समावेश अवश्य ही चयनित करनी चाहिए।

इस सदस्यों को क्रमशः राज्य सभा एवं विधान परिषद के सदस्यों के द्वारा ही चयनित करना चाहिए।

ऐसे सदस्यों को भी देश की सेवा करने के लिए अनेकों अधिकार भी देना चाहिए। तभी हम इस लोकतंत्र का भी एक सच्चे लोकतन्त्र के समकक्ष प्रस्तुत कर सकते हैं अन्यथा, हम एक झूठे लोकतन्त्र को सदैव के लिए ढोते ही रहेंगे।

याद रख्खे .... ''मानव व्यक्तित्व का फैसला ही सच्चा लोकतंत्र है।

'ईआलय' (परिपूर्ण विश्व प्रेम का घर) सम्पूर्ण विश्व को सच्चे लोकतन्त्र का मार्गदर्शन करता रहेगा।

26

यह वैज्ञानिक विचार मैंने आज से करीब 40 वर्ष पहले बनारस हिन्दू विश्वविद्यालय (B.H.U.) के फिजिक्स डिपार्टमेंट के हेड के सम्मुख प्रस्तुत किया था। उन्होंने पत्र द्वारा हमें सुचित किया था कि इस देश व विदेश के उच्च वैज्ञानिक को दिखायें। मैंने अभी तक वैसा नहीं किया। आज हम फेसबुक के माध्यम से आपके सम्मुख प्रस्तुत कर रहे हैं। यहाँ पर हम यह वैज्ञानिक विचार संक्षेप में दे रहे हैं।

विश्व ग्रह सितारों का निर्माण के आधार के साथ–साथ विश्व के उन समस्त गतिमान वस्तुओं के कारण का आधार आज तक सुनिश्चित नहीं हो सकता। इनमें दो नीतियों में आपस में पूरी तरह से मतभेद है।

1. धार्मिक नीति
1. आज का वैज्ञानिक नीति

1. धार्मिक नीति के आधार पर विश्व में समस्त तारों ग्रहों के निर्माण का आधार ओम, अल्लाह, गॉड को कहा गया है। इसे कालतत्व भी कहा गया है। इसे काल चक्र से भी सम्बोधित किया गया है।

अर्थात् प्रत्येक ग्रहों व सितारों का निर्माण एक चक्र की भाँति हुआ है। ये सभी चक्र की तरह अपनी ही धुरी में घूमती हैं। साथ ही साथ गतिमान भी हैं। इसी आधार पर समय को निर्धारित किया गया है। इसी आधार पर पृथ्वी व चन्द्रमा अपनी ही कक्ष पर घूमेंगी किन्तु ये दोनों के एक–दूसरे के विपरीत दिशा की ओर ही घूमेंगी। आज के विज्ञान के अनुसार समस्त ग्रहों, सितारों में एक गुरुत्वाकर्षण है जिसके कारण वह समस्त वस्तुओं को अपनी तरफ खींचता है। इसके अलावा मानवीय न्यूटन का वह गति का नियम है जो कहता है कि कोई भी पदार्थ अगर स्थित है तो वह स्थित ही रहेगी। अगर चल रही है तो गति में है तो वह पदार्थ चलती ही रहेगी। जब तक उस पर कोई भी बाहरी बल का प्रयोग न किया जाए। यहाँ पर यह ध्यान देना बहुत जरूरी है कि न्यूटन का यह नियम पूरी तरह वैज्ञानिक आधार नहीं है अपितु सिर्फ यह एक काल्पनिक विचार है, क्योंकि यहाँ पर पदार्थ क्यों स्थिर या क्यों गति में रहना चाहती हैं इसके कारण पर विचार नहीं किया गया है।

हमें आपको यह समझाया गया कि जब हम किसी गाड़ी पर बैठे हुए होते हैं और गाड़ी चलना आरम्भ करती है तब हमारा सिर क्यों पीछे की ओर झुक जाता है। इसका कारण गति का नियम ही है किन्तु मेरे अनुसार यहाँ पर ऐसा नियम नहीं लागू होता है, वरन् जब गाड़ी चलती है तो शरीर भी साथ–साथ चलता है। जब हमारा शरीर आगे बढ़ता है तब शरीर के पीछे स्थान पर एक खालीपन को छोड़ता है। जिसे भरने के लिए हमारे सिर के साथ–साथ हवा तेजी के साथ–साथ दौड़ता है और वह हवा हमारे सिर को भी पीछे की ओर ढकेल देता है।

यही नियम पदार्थ के स्थिर व गति में लागू होता है। पदार्थ के स्थिर व गति के नियम में पदार्थ के पास खालीपन का होना बहुत ही महत्व रखता है।

हमें पंखे का हवा इसी सिद्धांत के अनुसार ही मिलता है। इसी खालीपन को भरने के लिए ही सारे ग्रह, सितारे गतिमान में रहते हैं। न यह खालीपन कभी भी भरेगा, न ही यह ग्रह, सितारे कभी स्थिर होंगे। क्योंकि यह सभी ग्रह सितारे चक्र के नियम के अनुसार ही गतिमान में हैं।

विश्व के समस्त पदार्थों के गतिमान में यह खालीपन का ही नियम लागू होता है। इसी खालीपन को भरने के लिए ही विश्व में कालचक्र का उदय हुआ है। इसे आजकल लोग Love particles कहते हैं, जो सम्पूर्ण विश्व में व्याप्त है। आज के वैज्ञानिक भी मानते हैं कि सम्पूर्ण विश्व में कहीं भी खाली स्थान नहीं है। यह सत्य है जिसे हम खाली स्थान समझते हैं वह स्थान भी Love parcicles से भरे हुए होते हैं। Love particles सबसे अधिक सूक्ष्म तत्व हैं।

'ईआलय' (परिपूर्ण विश्व प्रेम का घर) सम्पूर्ण विश्व को धर्म के साथ–साथ विज्ञान का भी मार्गदर्शन करता रहेगा।

27

कोई भी संवेदना हम कहीं से भी ग्रहण करें,
वह आन्तरिक हो या बाहरी,
यह संवदना हमारी तन, मन, बुद्धि, आत्मा
में सर्वत्र व्याप्त हो जाती है।

28

जब आप किसी सौन्दर्य को देखते हैं। वह सौन्दर्य कोई पुरुष या नारी हो या प्रकृति का कोई सुन्दर सा दृश्य हो, आपका मन स्थिर होने लगता है, आपका मन निःशब्द मन जैसा होने लगता है, और आपका मन उस सिर्फ निहारता रहता है, साथ ही साथ आनन्दित भी होने लगता है। अतः यहाँ पर स्पष्ट होता है कि हम निःशब्द मन में से ही सौन्दर्य बोध का अनुभव कर सकते हैं। हमारे निःशब्द मन में ही प्रेम व नारी सौन्दर्य बोध का उद्‌भव होता है।

अतः हम अपने ही विश्व व्यापक निःशब्द मन में ही स्थित होकर नारी सौन्दर्य बोध में आनन्दित को प्राप्त करते हुए स्थित रह सकते हैं।

साकार व निराकार दोनों सौन्दर्य बोध स्थिति में हम अपने निःशब्द मन से ही उन्हें अनुभूति करते हैं।

'ईआलय' (परिपूर्ण विश्व प्रेम का घर) सम्पूर्ण विश्व का शान्ति, प्रेम व सौन्दर्य बोध का केन्द्र बिन्दु होगा। यह सम्पूर्ण विश्व में विश्व प्रेम, शान्ति, सौन्दर्य बोध को प्रसारित करता रहेगा।

29

मोक्ष एवं मुक्ति दोनों अलग–अलग तत्व ज्ञान हैं। मोक्ष विष्णु भगवान का तत्व ज्ञान है एवं मुक्ति महेश भगवान का तत्व ज्ञान है।

मोह का प्रभाव नष्ट होने पर मोक्ष की प्राप्ति होती है। प्रकृति का प्रभाव नष्ट होने पर मुक्ति की प्राप्ति होती है। इसका अर्थ यह है कि हमें मोह और प्रकृति से अलग होकर रहना है। हमें मोह में रहकर भी मोह के प्रभाव से मुक्त रहना है। हमें प्रकृति में रहकर भी प्रकृति के प्रभाव से मुक्त रहना है।

"विश्व राष्ट्र प्रेम" का झंडा तुम्हारे मोह को नष्ट करते हुए तुम्हे मोक्ष की ओर ले जायेगा।

तुम्हारा विश्व व्यापक निःशब्द मन ही तुम्हें प्रकृति के मध्य में रहकर भी, प्रकृति के प्रभाव से दूर करते हुए मुक्ति की ओर ले जायेंगी।

जिनके हृदय में मोक्ष का वास होता है, वे ही विष्णु हैं।

जिनके हृदय में मुक्ति का वास होता है, वे ही महेश हैं।

जिनके हृदय में मोक्ष व मुक्ति दोनों का वास होता है, वे ही शिव और शिवा हैं।

'ईआलय' (परिपूर्ण विश्व प्रेम का घर) सम्पूर्ण विश्व को मोक्ष व मुक्ति का मार्गदर्शन देती रहेंगी।

30

हे सम्पूर्ण विश्व के सैनिकों तुम्हें क्या बंदूक के अलावा सोचना भी आता है ? तो सोचा और अपने दिमाग पर जरा जोर दो।

तुम सिर्फ अपनी वीरता के बल पर इस धरती को सुरक्षित नहीं कर सकते हो। केवल विचारों के माध्यम से ही धरती को तुम सुरक्षित कर सकते हो।

अतः अपने–अपने देश के झण्डे के साथ–साथ इस धरती को सुरक्षित व शान्तिमय रखने के लिए मेरे विचारों को अपने हाथों से उठायें व लहरायें।

अपने–अपने देश के साथ–साथ ''विश्व राष्ट्र प्रेम'' का झंडा भी उठायें।

क्योंकि धरती को बचाने के लिए मेरे इस विचारों के अलावा कोई विकल्प ही नहीं है।

'ईआलय' (परिपूर्ण विश्व प्रेम का घर) सदैव सम्पूर्ण विश्व को सुरक्षित एवं शान्तिमय रखने के लिए सम्पूर्ण विश्व के सैनिकों का आह्वान करता रहेगा।

31

आज मैं मेडिकल साइन्स में ह्रदस से सम्बन्धित एक वैज्ञानिक विचार के रहस्य को उजागर करने जा रहा हूँ। जिसे विश्व के सभी डॉक्टरों एवं मेडिकल साइन्स के वैज्ञानिकों को समझ लेना अति आवश्यक है।

हमारे शरीर में, रक्त के नलिकाओं में, माँसपेशियों में जितने भी पदार्थ होते हैं, वह सभी तत्व, यौगिक, मिश्रण के रूप में होते हैं। यह पदार्थ अणुओं या परमाणुओं से बने होते हैं, किन्तु यह अणु, परमाणु अकेला स्वतंत्र नहीं होता वरन् सदैव अनेकों अणुओं, परमाणुओं एक चेन (जंजीर) से आपस में जुड़े हुए रहते हैं।

जब रक्त हमारे शरीर में रक्त नलिकाओं व माँसपेशियों में दौड़ता है तब यह पदार्थ आपस में ही टकराते हैं। जिसके कारण यह रक्त पदार्थ जो वंह भी अणुओं, परमाणुओं के चेन (जंजीर) से बने हुए होते हैं, यह सभी चेन (जंजीर) बराबर टूटते रहते हैं। रक्त के निरंतर गतिमान रहने के कारण ही यह क्रिया भी अणुओं, परमाणुओं के चेन (जंजीर) का टूटना निरन्तर होता रहता है।

इस तरह हमारे शरीर में दो तरह के पदार्थ निरंतर बनते रहते हैं–

1. स्थूल पदार्थ
2. सूक्ष्म पदार्थ

हम जब कोई पदार्थ किसी भी रूप में लेते हैं, यह पदार्थ मुख से भोजन के रूप में लें या और किस रूप में लें, यह प्रारम्भ में स्थूल रूप में ही होते हैं।

जब यही स्थूल पदार्थ रक्त में जाकर आपस में टकराते हैं और उस पदार्थ का अणु व परमाणु के चेन (जंजीर) के टूटने के कारण यह सूक्ष्म से सूक्ष्मतम होते जाते हैं। इसे ही सूक्ष्म पदार्थ कहते हैं।

हमारे शरीर में जब भी कोई रोग विषाणु किसी भी कारण से बनते हैं या प्रवेश करते हैं, तब यह रोग विषाणु प्रारम्भ में स्थूल रूप में होने के कारण, इसको ही रोग के प्रारम्भिक अवस्था या एक्यूट रोग कहते हैं। यही रोग विषाणु जब रक्त में उसके अणुओं, परमाणुओं के टकराने के वजह से चेन (जंजीर) टूटते रहते हैं, तब यहाँ पर रोग के पदार्थ

सूक्ष्म अवस्था को प्राप्त कर लेते हैं। रोग के इसी अवस्था को ही पुराना रोग या क्रोनिक रोग कहते हैं।

मेडिकल साइंसा में इस वैज्ञानिक तर्क को अगर लोग समझ लेते हैं और मान लेते हैं तो यह मानव कल्याण के लिए बहुत बड़ा एक कदम होगा।

होमियोपथी मेडिकल साइन्स दरअसल में इसी वैज्ञानिक आधार पर निर्मित हुआ है।

'ईआलय' (परिपूर्ण विश्व प्रेम का घर) सदैव वैज्ञानिक सोच को बढ़ावा देता रहेगा।

32

घर हो या सम्पूर्ण विश्व, सुख–शान्ति व प्रेम आनन्द को स्थापित करने के लिए दो बातें नितान्त आवश्यक होती हैं –

1. प्रेम का होना
2. न्याय का होना

1. 'ईआलय' (परिपूर्ण विश्व प्रेम का घर) सम्पूर्ण विश्व में धार्मिक मतभेदों को मिटाते हुए, विश्व जन–जन में विश्व प्रेम को जागृत करती रहेंगी।

2. आज के लोकतंत्र में लोकतंत्र की परिभाषा को सुधारते हुए मानव व्यक्तित्व का फैसला ही सच्चा लोकतंत्र है। ऐसे नीति को शामिल करना होगा, तभी हमारा लोकतंत्र सभी मानव के साथ न्याय करेगा।

विश्व के प्रत्येक मानव के प्रति यही सच्चा न्याय होगा।

आप सभी अगर इसे साकार कर पायेंगे, तभी आप सभी एक नये युग में प्रवेश कर पायेंगे, जिसे आप सत्ययुग कहेंगे। तभी आपका यह घर एवं सम्पूर्ण विश्व सुख–शान्ति व आनन्दमयी होगा।

हमारा ट्रस्ट "विश्व शान्ति गणदूत" एवं "ईआलय" (परिपूर्ण विश्व प्रेम का घर) साथ में मेरी लिखी हुयी तीनों पुस्तकें निरन्तर यह प्रयास करती रहेंगी।
किन्तु इसके साथ आप सभी का प्रयास भी नितान्त आवश्यक है।

33

उगता हुआ सूरज, चाँद–सितारे, नदी–तालाब, झरने–झील, पहाड़, समुन्दर की लहरें, आसमान, धरती क पेड़–पौधे, सुन्दर फूलों पर मंडराती तितलियाँ, बागानों में लहराते फूलों की मस्ती, कोयल की कू–कू करती आवाज, चिड़ियों की चहचहायी हुयी आवाज, डूबते हुए सूरज का संध्या काल ये सभी आपके अन्दर प्रेम, कलाओं को उत्प्रेरित करता है।

अतः आप अपने निःशब्द मन से इन्हें निहारें व सुनें। यह आपको निराकार व साकार परिपूर्ण विश्व प्रेम की ओर उन्मुख करता जायेगा।

किन्तु "विश्व राष्ट्र प्रेम" एकमात्र आपको निर्मोही कर्म पथ की ओर अग्रसर करता जायेगा। यह एकमात्र निर्मोही चरित्र है। यह एक निर्मोही प्रेम है, जो एकमात्र मोक्ष देने का आधार है। अतः इसके लिए आपको सहायक होना ही पड़ेगा। क्योंकि आप कितना भी योग्य क्यों न हो जायें, इसके सहायक हुए बिना आपको मुक्ति नहीं मिल सकती है।

यह आपका दायित्व है कि आप जहाँ रहते हो, जिस धरती पर रहते हो, जिस दुनिया में आप रहते हैं, उसे सुन्दर व शान्तिमय, आनन्दमयी, प्रेममयी जगत बनायें। अतः इस दायित्व को पूरा किये बिना आपको मुक्ति हर्गिज नहीं मिल सकती।

अतः आप भी सम्पूर्ण विश्व में 'ईआलय' (परिपूर्ण विश्व प्रेम का घर) के निर्माण के लिए सहायक बनें।

जिससे सम्पूर्ण विश्व को सुरक्षित एवं शान्तिमय, प्रेममयी बनने में आप भी सहायक बनें।

34

जहाँ भी शब्द होगा, वहाँ पर अशान्ति होगी। जहाँ कोई भी शब्द नहीं होगा, वहाँ पर शान्ति होगी। जहाँ पर शब्द व निःशब्द दोनों साथ–साथ घुलमिल कर होंगी, वहाँ पर भी शान्ति होगी।

अतः शान्तिमय जीवन को पाने के लिए आप अपने ही विश्वव्यापक निःशब्द मन का ध्यान करें। आपका मन गहराई को प्राप्त करेगा, साथ ही साथ आपका मन परिपूर्ण प्रेम को पूरी तरह से समेटने में सक्षम भी होगा।

जो यह परिपूर्ण प्रेम विश्वप्रेम में व्याप्त है। इसी विश्वव्यापी निःशब्द प्रेम को निराकार प्रेम, निराकार ईश्वर, ओम, अल्लाह, गॉड कहते हैं। यही विश्वव्यापी निःशब्द प्रेम जब शब्द से घुलमिल कर एकाकार हो जाता है, तब यह साकार ईश्वर कहलाते हैं।
तब आप यह भी कह सकते हैं कि ....

इतनी गहराई में बैठी हो तुम,
कोई तुम्हें पा न सका,
सहज में मिल गयी हो तुम मुझे,
वहीं पर जो मैं भी बैठा था।

'ईआलय' (परिपूर्ण विश्व प्रेम का घर) सम्पूर्ण विश्व को ईश्वर के दोनों रूपों के ज्ञान का मार्गदर्शन देता रहेगा।

35

जिस तहर से मजदूर या मिस्त्री मकान बनाने के कारण उसका शरीर धूल–मिट्टी लगकर गन्दा हो जाता है, ठीक उसी तरह मानव मन भी अपने तन, बुद्धि, इन्द्रियों के सृजन करने के कारण शब्दों के धूलि से दूषित, गन्दा हो जाता है। हमारा सबका मन प्रकृति में प्रवेश करने से पहले मैं (ब्रह्म) से निकली प्रकाश से निर्मित निःशब्द मन था। यह शब्दों के धूलि से मिलकर शब्दयुक्त हो गया है। हमें फिर से इसे निःशब्दमयी बनाना है। क्योंकि यह विश्व व्यापक निःशब्दमयी मन ही आनन्दमयी नारी स्वरूपा है। यही ईश्वरीयमयी है। इसी संवेदना में हम सभी को ढलना है। भगवान शंकर इसी निःशब्दमयी मन का ध्यान करके ही नारी स्वरूपा को प्राप्त हुये थे। भगवान शिव का डमरू इसी तत्व ज्ञान को दर्शाता है।

तभी हम तीनों तरह के विश्व प्रेम को अपने जीवन में ढालने में सफल होगें।

'ईआलय' (परिपूर्ण विश्व प्रेम का घर) सम्पूर्ण विश्व में तीनों तरह के विश्व प्रेम को प्राप्त करने के रास्ता का मार्गदर्शन करता रहेगा।

36

यह तस्वीर 33 वर्ष पहले कि है, जब 36 के उम्र के ऊपर चल रहा था। इसी उम्र में ....

ऐसा ही ठंड का मौसम था, जाड़े की कड़क में, मैं अकेला बनारस हिन्दू विश्वविद्यालय (B.H.U.) के वाइस चांसलर, चीफ प्राक्टर से अनुमति लेकर बी0एच0यू0 के मेन गेट लंका गेट पर ''विश्व राष्ट्र प्रेम'' का झन्डा स्थापित किया था। इसके एक माह पहले भी मैं मीरजापुर से बनारस जाकर गौदलिया के चौराहे पर ''विश्व राष्ट्र प्रेम'' का झन्डा फहराया था। बनारस जाते वक्त मुझे बस में एक युवक से मुलाकात हुआ था। उनका नाम अर्जुन था। उन्होंने मेरे बनारस जाने की वजह की सभी जानकारी लेने के बाद अपने गाँव में जाकर ''विश्व राष्ट्र प्रेम'' के झंडे को स्थापित किया था।

साथ ही झंडे की पूजा–अर्चना करने के बाद लोगों में प्रसाद भी वितरण किया था। सभी लोग बहुत ही खुश थे। ऐसा पत्र के माध्यम से अर्जुन ने बताया था।

आप भी सम्पूर्ण विश्व में समस्त विश्वविद्यालयों एवं विद्यालयों में ''विश्व राष्ट्र प्रेम'' के झंड को स्थापित करें।

आप भी मन्दिर, मस्जिद, चर्च, गुरुद्वारा, बौद्ध मन्दिर, जैन मन्दिर में ''विश्व राष्ट्र प्रेम'' का झंडा स्थापित करें।

विश्व के समस्त पुस्तकों के प्रथम पृष्ठ पर ''विश्व राष्ट्र प्रेम'' के झंडे की तस्वीर होनी चाहिए।

सम्पूर्ण विश्व में शान्ति एवं विश्व प्रेम को स्थापित करने के लिए क्या आप सम्पूर्ण विश्व में 'ईआलय' (परिपूर्ण विश्व प्रेम का घर) का निर्माण करके हमारी इन सभी इच्छाओं को पूरा करेंगे।

www.ingramcontent.com/pod-product-compliance
Lightning Source LLC
LaVergne TN
LVHW100554051026
849519LV00003B/958